मीका

जान्वी प्रजापति

Made with ❤ on the Notion Press Platform
www.notionpress.com

समर्पण

गुरुजी

क्रम-सूची

1

"ताऊ...........जी ..." दरवाजा खोलते ही रुचि ने अपनी रोज की आदत के मुताबिक आवाज लगाई । "आप कहाँ हों ?" रुचि बेडरूम में देखने लगी । कमरे में अंधेरा था । रुचि ने लाइट जलाई । "ताऊजी ! आप भी ना ....! पता नहीं आपको अंधेरे से इतना प्यार क्यों हैं ?"

प्रताप अपने कमरे में आराम कुर्सी पर सिर टिकाए बैठे थे । रुचि को देखते ही उसकी ओर एक हल्की सी मुस्कुराहट उनके चेहरे पर दौड़ गई ।

"तूम आ गई!"

"हाँ ताऊजी ! मैं तो आ गई लेकिन आप ने अभी तक खाना नहीं खाया ! तीन बज रहे है और आपको भूख नहीं लगी ?" रुचि उनके पास जाकर बैठ गई ।

प्रताप ने प्यार से रुचि के सिर पर हाथ रखा , "बेटा ! तुमने भी तो अभी तक कुछ नहीं खाया होगा !"

"यह बिल्कुल भी अच्छा नहीं करते आप ! जबतक मैं कॉलेज से नहीं आ जाती , आप खाना नहीं खाते । पता नहीं आपको भूख भी लगती है या नहीं ?" रुचि ने उनकी गोद में प्यार से सिर रख दिया ।

"बेटा ! अकेला होता हूँ तो गले से निवाला ही नहीं उतरता, क्या करूँ ?" प्रताप भावुक हो गए ।

रुचि खड़ी हो गई और मुंह बनाते हुए बोली, "मतलब कि आपको भूख तो लगती है मगर अकेले होते हो इसीलिए खाना नहीं खाते .... चलिए अब, उठिए और खाना खा लीजिए ।"

प्रताप ने झेंपते हुए कहना सुरू किया, "अरे .... नहीं ...... नहीं .....मेरा वह ..." इससे पहले कि प्रताप अपनी बात पूरी कर पाते, रुचि खींचकर उन्हें ले गई ।

प्रताप पूरी कोशिश करतें कि रुचि के सामने अपने अकेलेपन की शिकन भी उनके चेहरे पर न आने पाए और रुचि को भी किसी बात की कमी महसूस न होने पाए लेकिन ना चाहते हुए भी कुछ- कुछ बाते इस तरफ इशारा कर ही देती थी । रुचि भी इस बात से वाकेफ थी पर वह कुछ भी नहीं कर पाएगी यह वह जानती थी फिर भी वह पूरी कोशिश करती कि वह अपना ज्यादा से ज्यादा समय अपने ताऊजी को दे सके । उनकी पसंद की चीज़े, नाश्ता, किताबें वह मौका मिलते ही लाया करती । जब भी ताऊजी आसपास होतें तो वह उन्ही के पसंद के गाने अपने प्लेलिस्ट में बजाया करती। इन्ही गानों को सुनते सुनते उसे भी काही न काही इन गानों की आदत सी पद गई थी ।

"अच्छा ! रुचि, यह बताओ कि तुम्हारी पढ़ाई कैसी चल रही है ?" खाना खाते हुए प्रताप ने सवाल किया ।

"अच्छी चल रही है, ताऊजी ।" प्रताप की थाली में दाल परोसते हुए रुचि ने जवाब दिया ।

"कहीं कॉलेज में आते ही तुमने घूमना - फिरना तो शुरू नहीं कर दिया न ?" प्रताप ने कनखियों से रुचि को देखते हुए कहा ।

रुचि के हाथ का निवाला मुँह के आगे ही रुक गया और उसने प्रताप की ओर देखते हुए कहा, "क्या ताऊजी...... आप भी ना ......!" और दोनों ही ठहाके लगाकर हँस पड़े ।

"मन लगाकर पढ़ती हु, ताऊजी । जमकर मेहनत करनी है मुझे। देख लेना, फर्स्ट क्लास तो मैं आसानी से ला दूँगा ।" और रुचि ने अपनी बात पूरी करते हुए निवाला मुहँ में रख दिया ।

"जानता हूँ मेरी बच्ची ! तूम बचपन से ही किताबी कीड़ा जो हो पर थोड़ा घूमना - फिरना भी अच्छा होता है ।" प्रताप ने रुचि के सिर पर हाथ रख दिया ।

"हम साथ में चलेंगे ताऊजी !" रुचि ने खाना चबाते हुए ही कह दिया ।

"तू भी ना ....! कभी सुधरोगी नहीं ! कॉलेज में आ गई फिर भी कहीं अकेली नहीं जाती । दोस्तों के साथ भी कभी बाहर जाया कर ।" गंभीर होते हुए प्रताप ने कहा ।

"हाँ ताऊजी ! एक बात तो मैं आपको बताना ही भूल गई !" अचानक से रुचि को कुछ याद आ गया था, वह उत्साहित होते हुए बोली ।

"कौन सी बात ?" रोटी का कोर तोड़ते हुए प्रताप ने पूछा ।

"यहीं की हमारी राज्य सरकार उन बच्चों को लैपटॉप दे रही हैं , जिन्होंने इस साल बारहवीं अच्छे अंकों से पास कर कॉलेज में एड्मिशन ले लिया है।" रुचि ने खुश होते हुए बताया ।

"चलो ! सरकार कुछ तो अच्छा कर रही है।" प्रताप ने व्यंग्यात्मक ढंग से कहा ।

"और मैंने भी इसके लिए फॉर्म भर दिया है ।" रुचि ने इतराते हुए कहा ।

"यह तो उससे भी अच्छी बात है !" प्रताप ने मुस्कराते हुए रुचि को देखा, "पर लैपटॉप अच्छा तो होगा न ?" प्रताप ने कुछ देर बाद शंकित भाव से पूछा ।

"पता नहीं ......" रुचि ने सोचते हुए कहा, "पर वे दे रहें हैं वहीं बहुत हैं ।"

"मेरी बच्ची समझदार हो गई है !" प्रताप ने ठिठोली की ।

"क्या ...ताऊजी ......आप भी.....मेरी टांग खींचते रहते हो ... !" रुचि ने नाराज होकर मुँह बनाया ।

"अच्छा ! चलो छोड़ो ! यह बताओ कि, कब मिलेगा लैपटॉप ?" रुचि की नाराजगी दूर करने के लिए प्रताप ने बात बदल दी ।

"पक्का तो पता नहीं ......" सोचते हुए रुचि रुककर बोली, "पर ! सब बता रहें हैं कि पंद्रह दिनों के बाद बहुत बड़ा प्रोग्राम होगा, जहाँ पर हमारे शहर के सभी विद्यार्थियों को एकसाथ लैपटॉप दिया जाएगा और वह भी हमारे मुख्य मंत्री जी के हाथों से । साथ ही साथ हमारे शहर के प्रसिद्ध एवं जाने माने पॉलिटीसीयन्स भी होंगे ।"

यह बात सुनकर प्रताप चौंक गया, "तो ......तो ....बहुत बड़ी भीड़ इकट्ठा होगी ?"

"हाँ ...! और जो विद्यार्थी दूसरे शहर से अपने शहर में पढ़ने आए हैं उनको भी यहीं पर दिए जाएंगे । मैंने यह भी सुना है कि यह प्रोग्राम हमारे शहर के बड़े से क्रिकेट ग्राउन्ड में होने वाला है ।" रुचि उत्साहित होकर सारी जानकारी प्रताप को बता रही थी ।

"पर क्या लैपटॉप लेने के लिए इस प्रोग्राम में जाना जरूरी है ?" प्रताप ने कुछ चिंतित होते हुए पूछा ।

"हाँ ! हमारी कॉलेज में नोटिस भी लगी है कि जो भी इस प्रोग्राम में नहीं जाएगा उसे लैपटॉप नहीं दिया जाएगा ।" रुचि ने प्रताप कि ओर ध्यान दिए बिना ही बताया ।

प्रताप बिलकुल भी नहीं चाहते थे कि रुचि को इस प्रोग्राम में भेजकर उसे मुश्केली में डालें क्योंकि वह अच्छी तरह इन सभी चीजों से वकिफ़ थे । रुचि अभी इतनी समझदार नहीं हुई थी कि एसी पेचीदा बातों को समझ सके और प्रताप उसे किसी भी तरह नाराज नहीं करना चाहते थे ।

"बेटा ! यह सब पॉलिटीसीयन्स के नूक्सें होते है ताकि ज्यादा से ज्यादा पब्लिक को इकट्ठा किया जा सके और वॉटर्स को प्रभावित किया जा सके ।" थोड़ी देर रुककर फिर से प्रताप ने कहा, "और एसे प्रोग्राम में जाना खतरे से खाली नहीं होता ।"

रुचि को ताऊजी का इशारा समझ में आ रहा था पर वह चुप थी । वह किसी भी तरह इस चांस को खोना नहीं चाहती थी । इस प्रोग्राम के लिए वह बहुत ही उत्सुक थी और लैपटॉप के लिए तो उससे भी ज्यादा ।

रुचि को चुप देखकर प्रताप ने आखिरकार अपना फैसला सुनाया, "मैं तुम्हें किसी भी खतरे में डालना नहीं चाहता ......"

इससे पहले कि प्रताप अपनी बात पूरी कर पाते रुचि ने अपना पक्ष संभाल लिया, "पर ताऊजी ......! इस बार बहुत ही अच्छी सिक्योरिटी की व्यवस्था की गई है और अगर मैं वहाँ नहीं गई तो मुझे लैपटॉप भी नहीं मिलेगा ।" रुचि का मुँह लटक गया ।

प्रताप रुचि को और दुखी करना नहीं चाहते थे पर वह मजबूर थे, "उससे भी अच्छा लैपटॉप मैं तुम्हें लाकर दूंगा पर ......किसी भी हालत में तुम वहाँ नहीं जाओगी ।" इससे पहले कि रुचि कुछ कहे, प्रताप ने अपना आदेश दिया और टेबल से उठकर चले गए।

2

"हैलो ! रुचि, अरे ! तुझे तो तेरे ताऊजी ने मना किया था न, फिर तू कैसे तैयार हो गई ।" रुचि को प्रोग्राम में जाने वाले दोस्तों के साथ देखकर निकिता को आश्चर्य हुआ ।

"तू जानती तो है ! ताऊजी मेरी किसी भी बात को टाल नहीं सकते ।" मुस्कुराते हुए रुचि ने जवाब दिया ।

दो महीनों जीतने कम समय में ही रुचि और निकिता अच्छे दोस्त बन गए थे । निकिता दूसरे शहर से वडोदरा में पढ़ने के लिए आई थी और कॉलेज कि होस्टल में रहती थी । इस शहर में वह बिल्कुल नई थी । इस नए शहर में सेटल होने के लिए रुचि ने निकिता की बहुत ही मदद कि थी ।

यह एक उम्मीदों का शहर है, जहाँ पर हर साल हजारों लड़कें - लड़कियाँ अपने सपनों की उड़ान भरने के लिए इस शहर की गोद में शरण लेते है - अपनी हाइयर स्टडीस कम्प्लीट करने और अपने सपनों को साकार करने कि उम्मीद । हाँ, यह अलग बात हैं कि यहाँ आने के बाद कईयों कि उम्मीद ही बदल जाती है – कुछ लोग उम्मीद से ज्यादा हासिल कर लेते है तो कुछ लोग अपनी उम्मीदों को ही भूल जातें हैं ।

जैसा कि पहले ही इन लोगों ने तै कर रखा था कि बाकी हॉस्टल की लड़कियों और निकिता के साथ रुचि भी होस्टल गेट पर मिलने वाले थे और वही से प्रोग्राम के लिए क्रिकेट ग्राउन्ड की ओर जाने वाले थे । सभी बारी बारी से निर्धारित जगह पर पहुँच गए थे और एक रिक्शा को बुला कर उसमे क्रिकेट ग्राउन्ड की ओर निकाल गए ।

" आज तो तू घर जाने वाली है न निकिता?" रिक्शा में बैठकर रुचि ने सवाल किया ।

"हाँ, आज मैं दो महीनों के बाद घर जाऊँगी ।" खुश होते हुए निकिता ने कहा ।

"हाँ, वैसे भी दस बजे प्रोग्राम शुरू हो जाएगा तो बारह बजते - बजते हमें लैपटॉप मिल जाएगा और उसके बाद हमें वहाँ रुकने की बिल्कुल भी जरूरत नहीं हैं ।" रिक्शा से रास्ते का मुआयना लेते हुए रुचि ने कहा ।

"हमम.. ......! बारह बजे की बस मिल जाएगी तो मैं भी अंधेरा होने से पहले घर पहुँच जाऊँगी ।" थोड़ी देर रुककर निकिता ने कहा, "लैपटॉप के लिए ही रुकी हुई हु, नहीं तो मैं घर चली भी गई होती।"

"लगता है घर की बहुत याद आ रही है !" रुचि ने उसकी हालत को समजते हुए कहा ।

"कुछ ज्यादा तो नहीं पर थोड़ी बहुत !" निकिता ने अपना चहेरा बनाते हुए कहा ।

"वक्त पर लैपटॉप मिल जाएगा तो तुम्हें भी समय से बस मिल जाएगी और मैं भी वक्त पर घर पहुँच जाऊँगी तो ताऊजी का टेंशन भी कम हो जाएगा।" रुचि ने उम्मीद भरी आवाज में कहा ।

इतने में ही रुचि के फोन की रिंग बजी , रुचि के फोन पर 'ताऊजी' नाम फ्लेश हो रहा था । रुचि ने फोन उठाया, "हाँ ताऊजी ! ..."

सामने से ताऊजी की आवाज आयी, " बेटा पहुंची कि नहीं ?"

"हाँ, ताऊजी हम बस पहुँचने ही वाले हैं। आप चींता मत कीजिए, मैं टाइम पर घर पहुँच जाऊँगी।" रुचि ने ताऊजी को भरोसा दिलाते हुए कहा ।

"ठीक है बेटा, संभाल कर जाना और अपना ध्यान रखना, फोन रखता हुँ ।" कहकर ताऊजी ने फोन रख दिया।

"ताऊजी तेरे लिए बहुत चींता करते है न!" नीकीता ने गंभीर भाव से पूछा ।

"नहीं, अक्सर ताऊजी मेरी इतनी चींता नहीं करते । हाँ, हर बार मेरा खयाल तो जरूर रखते हैं पर मुझे छुट भी पुरी देते हैं। वह हमेशा चाहते है कि मैं अकेली बाहर निकलू और दोस्तों के साथ वक्त गुजारू .. ... पर इस

बार पता नहीं क्यों ताऊजी बहुत ज्यादा ही चींता कर रहे हो ऐसा लग रहा है।" रुची के चेहरे पर असमंजस का भाव था ।

"लिजीए मैडम ! क्रिकेट ग्राउंड आ गया ।" रिक्शा वाले ने एक और रिक्शा रोकते हुए कहा ।

रुचि ने रिक्शा से उतरते ही सामने के ग्राउंड का मुआयना लिया। इस शहर में बरसों तक रहने के बावजूद रुची ने कभी यह ग्राउंड नहीं देखा था। या कहे कि देखने की जरूरत ही नहीं पड़ी थी। यह ग्राउंड क्रिकेट ग्राउंड कम एक बंजर भूमि ज्यादा था । यहाँ पर कोई क्रिकेट मैच खेली गई हो या खेली जाती हो ऐसा किसी को भी याद नहीं । हाँ कभी-कभार आस-पास रहनेवाले लड़के अपने बेट उठाकर खेलने आ जाया करते थे और एस भी नहीं था कि सिर्फ क्रिकेट ही खेलते हो। यहाँ पर छुट्टी के दिन कभी कभार लड़कें फुट बॉल या दूसरी गेम्स भी खेल करतें थे | अधिकतर इस ग्राउंड का इस्तेमाल किसी नेता की सभा के लिए होता था या किसी महा नगरीय कार्यक्रम के वक्त |

ग्राउंड में चारों और मंडप बंधा हुआ था । कही - कहीं पर पंडाल भी लगे थे। सामने ही एक गेट लगा था, जिसपर नेता जी का बड़ा सा पोस्टर था । रुचि ने निकिता और बाकी लड़कियों की ओर देखते हुए कहा, "चलो ! अंदर चले ? नेता जी यही पर आने वाले हैं ।"

" लेकिन पोस्टर पर तो किसी और प्रोग्राम का नाम लिखा हुआ है।" नीकीता ने पोस्टर पर गौर करते हुए कहा ।

"इसको तो हमेशा उल्लू- जुलुल ही सूजता रहता है । नेता जी तो लेपटोप देने के लिए आ रहे है न! दे देंगे !" दूसरी लड़की ने निकिता पर फबती कसी।

रुचि ने पोस्टर पर ध्यान देते हुए कहा, "लग तो ऐसा ही रहा है, निकिता ! पर चलो ! अंदर जाकर देखा जाए।" सब की ओर हाथ का इशारा करते हुए रुचि अंदर की ओर बढ़ने लगी ।

"ऐसा न हो कि हम यही पर घुमते रहे और नेता जी लेपटॉप देकर चलें जाए।" दूसरी लड़की ने उनका मजाक उड़ाते हुए कहा ।

दरवाजे से आगे बढ़ते ही उन्होंने देखा कि बीच में बड़े से मैदान में कुछ सजावट की जा रही थी । कार्यकर्ता स्टेज की सजावट में व्यस्त थें ।

स्टेज की चारों ओर ढेर सारी कुर्सियाँ रखी गई है। जिनमें सामने रखी गई कुछ कुर्सियों पर स्कूल के बच्चे अपने-अपने जूथ बनाकर बैठे थे। ज्यादा लोग आसपास दिखाई नहीं दे रहे थे। एक-दो कार्यकर्ता सफेद कपड़ों में सज्ज, कार्यक्रम का बेच लगाए वहाँ से गुजर रहे थे। निकिता ने उनको रोकते हुए पुछा, "इक्स्क्यूज़ मी सर! क्या नेता जी का कार्यक्रम यहीं पर होने वाला है?"

"जी, हाँ यहीं पर होनेवाला है। आप सब उस साइड वाली कुरशियों पर बैठ जाइए।" उनमें से एक ने बच्चों की तरफ हाथ का इशारा करते हुए कहा और जल्दी-जल्दी में चले गए।

"ऐसा लग तो नहीं रहा। हमारी कालेज का भी कोई दिख नहीं रहा। यहाँ पर तो सारे स्कूल के बच्चे है।" आसपास का मुआयना लेते हुए रुचि ने कहा।

"एक मिनिट रुको! मेरी एक फ्रेंड यही कहीं पर रहती है, उसे जरूर पता होगा। वह भी तो इस कार्यक्रम में आने वाली है। उसे तो जरूर पता होगा।" निकिता ने अपना फोन निकालते हुए कहा। "मैं उसे फोन करके पुछती हूँ।" निकिता ने उसका नंबर डायल किया, फोन की रींग बजने लगी।

"हैलो! फातिमा......" सामने से फातिमा की आवाज आई। नीकीता ने आगे बात जारी रखी। "हाँ, तुम्हें पता है कि आज का कार्यक्रम कहाँ होने वाला है?" निकिता ने फातिमा का जवाब सुना, "वह तो मुझे भी पता है! हम वहीं पर खड़े है पर यहाँ तो सारे बच्चे है। लगता है कोई स्कूल का प्रोग्राम होने वाला है!"...... "अच्छा, तो क्या हम गलत जगह पर आ गए है?... ठीक है.. ठीक है......हाँ ..." फोन रखते ही निकिता ने कहा, "हम गलत जगह पर आ गए है। उसने कहा है कि हमारा प्रोग्राम पास वाले ग्राउड में होने वाला है।"

"मुझे तो पहले से ही पता था कि यह गलत जगह है।" एक लड़की तपाक से बोल उठी। उतने में ही रुचि के फॉन की रींग बजी, "हैलो! ......हाँ ...हाँ ताऊजी हम पहुँच गए हैं। ...... नहीं अभी तक तो नेता जी आए नहीं।......जी हाँ मैं टाइम पर घर पहुंच जाऊँगी,... जी ताऊजी।" रुचि ने फॉन रख दिय। "जल्दी -- जल्दी चलो। मुझे तो डर लग रहा है

कि कहीं ताऊजी को पता न चल जाए कि मैं अभी तक वहाँ पहुँची नहीं।" रुची ने जल्दी- जल्दी कदम बढ़ाते हुए कहा, उसके चेहरे पर घबराहट साफ नजर आ रही थी ।

"अरे ! तू भी ना ! पागल है। ताऊजी को कैसे पता चलेगा ? क्या वे तेरे पीछे- पीछे गुमते है !" निकिता ने ठिठोली की ।

"तुम जानती नहीं ताऊजी को ! उनको सबकुछ पता चल जाता है ।" रुचि ने डरते हुए कहा ।

"अच्छा ! एसी बात है !" रुचि की इस बात पर निकिता के साथ-साथ बाकी सब भी हँसने लगी ।

रुचि मुँह फुलाकर रुक गई, "अब ! कहाँ जाना है ?" रुचि ने बात बदलने के उद्देश्य से कहा ।

"फातिमा ने कहा था कि यहाँ से बहार निकलकर बाईं तरफ जाना है। वहाँ एक बड़े से गेट के आगे लैपटॉप के साथ नेताजी के पोस्टर्स लगे होंगे, हमे वही पर जाना है ।" बाईं तरफ देखते हुए निकिता ने कहा।

"तो फिर चलो ! किसका इंतजार कर रहे हो।" रुची अभी भी थोड़ी सी घबराई हुई थी । एक तो वह ताऊजी के मना करने के बावजूद यहाँ आई है उपर से अभी भी सही जगह तक पहुँच नहीं पाई है। उसके कदम थोड़े तेज़ हो गए । वह चाहती थी कि जल्दी से जल्दी प्रोग्राम में पहुँच जाए। रुचि को इस तरह तेज कदमों से चलता हुआ देख बाकी लड़कियाँ भी उसकी मझाक उड़ाते हुए उससे कदम मिलाने की नाकाम कोशिश करने लगी । उसके कदम एक गेट के सामने रुक गए । बाकी सब लड़कियाँ उससे कुछ कदम पीछे चल रही थी। "नीकिता ! यही ग्राउंड है न ?" रुची ने पीछे मुड़ते हुए पूछा ।

"पोस्टर देखकर तो नहीं लग रहा!" नीकीता ने गेट पर लगें पॉस्टर्रस देखकर कहा । "और हाँ ! फातिमा ने कहा था कि नेताजी आज लगभग चार प्रोग्राम्स में जाने वाले है और वह सब यहीं पर होने वालें है इसीलिए पोस्टर्स की ओर खास ध्यान देना।" निकिता ने फातिमा की काही बात याद करते हुए कहा ।

रुची ने भी पोस्टर की ओर ध्यान दिया, "हाँ......सेही कह रही हों ! पोस्टर्स देखकर तो एसा नहीं लग रहा कि यह हमारा प्रोग्राम हैं ।"

"लगता है आज तो हम लेपटॉप लेने से रहे!" साथ वाली लड़की ने निराश होते हुए कहा ।

"लेपटॉप कहीं नहीं जाने वाला ! लेपटॉप तो हम लेकर ही रहेंगे।" निकिता ने इतराते हुए कहा।

"हाँ .. हाँ.... इतरा तो ऐसे रही है जैसे सारे फैसले तुजसे पुछकर ही लिए जाते हो ।" रुचि नीकीता को खींचकर आगे ले गई, "अब चल भी ! किसी से पूछकर पता लगाते है।"

रुची ने गेट से बाहर निकलते हुए एक आदमी को रोककर पूछा, "अंकल, यहाँ पर कौन सा प्रोग्राम होने वाला है ?"

"आपको कौनसे प्रोगाम में जाना है ?" जवाब देने के बजाय उस आदमी ने सवाल किया । "आपको लेपटॉप के प्रोग्राम में ही जाना है न ?" थोड़ी देर रुककर अंदाज लगाते हुए उस आदमी ने दूसरा सवाल भी कर दिया ।

"जी, हाँ अंकल, हम वही ढूंढ रहे हैं ।" नीकीता ने आगे आते हुए कहा।

"तो फिर आप यहाँ से थोड़ा आगे चले जाइए । आगे जो गेट है वही पर यह कार्यक्रम होने वाला है।" उस आदमी ने हाथ से इशारा करते हुए रास्ता दिखाया।

"थैंक यु अंकल !" वह आदमी मुस्कान के साथ आगे बढ़ गया । सभी लड़कियाँ भी बताए गए रास्ते की तरफ आगे बढ़ गयी ।

नीकीता ने अपने मोबाइल में टाइम देखा, 8 बज रहे थे। "रुची, यहाँ आए हुए हमें एक घंटा हो गया हैं ! पता नहीं, मुझे आज बस मिलेगी भी या नहीं! एसा लग रहा है जैसे यहाँ पर चलते- चलते ही मेरी जान निकल जाएगी, बस तक पहुँच भी पाऊँगी कि नहीं !"

"कितने बजे की बस है ?" रुची ने चलते-चलते पूछा।

"नौ बजे की है पर वह तो मिलने से रही ! अगर नौ बजते-बजते लेपटॉप देना शुरू कर दिया तो ग्यारह बजे वाली बस मिल जाएगी।" नीकीता ने अनुमान लगाकर बताया ।

"अगर तुम्हें ग्यारह बजे वाली बस भी मिली तो भी तुम घर तो रात को बहुत देर से पोहचोगी ना ?" रुची ने अपनी शंका व्यक्त की ।

"हाँ, देर से तो पहुँचूंगी ही पर कैसे भी घर तो जाना ही है । बहुत दिन हो गए है, मुझे घर गए हुए यार ! दो महीनों से घर नहीं गई, ना ही घर के किसी इंसान से मिली हूँ।" नीकीता के चहेरे पर निराशा की लकीरें छा गई।

"समझ सकती हूँ, यार ! मैं तो कभी घर से दूर नहीं रही पर घर से दूर होस्टल में रेहना कितना मुश्किल होता होगा यह तो तुम लोगों को देख कर ही समझ आ रहा है !" घर से दूर रहने की बात सोचकर ही रुची के रोंगटे खड़े हो गए थे । "पर तू निराश क्यों हो रही हैं ? क्या मेरा घर तेरा घर नहीं हैं ? और ताऊजी भी तो तुझे अपनी बेटी की तरह ही रखते है न !" थोड़ी देर रुककर रुचि ने निकिता को खुश करने के लिए कहा । रुचि की बात सही भी थी। रुचि के ताऊजी उसे रुचि के जितना ही स्नेह देते थे, उसे किसी चीज की जरूरत पड़ जाए तो तुरंत ही उस चीज का इंतजाम करवाते थे । वह तो चाहते थे कि निकिता हॉस्टल में रहने कि बजाए उनके घर पर ही रहें पर निकिता के पेरेंट्स इस बात से सहमत नहीं हुए इसीलिए ताऊजी ने भी ज्यादा जिद नहीं की थी ।

"नहीं तो...... ऐसा भी कोई मुश्किल काम नहीं....... मजे भी बहुत है और और ताऊजी से मिलती हु तो अपने घर जैसा ही लगता है । सही कहूँ तो, जितना ताऊजी मेरा खयाल रखते है उतना कोई ओर नहीं रख सकता पर आखिर में घर तो घर ही होता है न ।" नीकीता ने बात को संभालते हुए कहा ।

"आखिर-कार हम पहुँच ही गए ।" यह सब बातें चल ही रही थी कि उनके साथ आई दूसरी लड़की जो कबसे ही आगे आगे भाग रही थी । एक गेट के सामने आकर रुक गई। बातों- बातों में कब रास्ता कट गया कुछ पता ही नहीं चला ।

यह ग्राउंड बाकी दो ग्राउंड से बड़ा दिखाई दे रहा था। आस-पास पुलिस की कड़ी व्यवस्था थी। लोगों को बिना आई-डी प्रूफ के जाने नहीं दिया जा रहा था । आने-जाने वाले ज्यादातर कॉलेज के स्टूडेंट्स थे। कुछ कार्यकर्ता भी इधर- उधर आ-जा रहे थे, तो कहीं पर नेता जी के आने-जाने के रास्ते की व्यवस्था की जा रही थी । व्यवस्था देखकर लड़कियों को लगा कि वह सही जगह पर पहुँच गई है पर फिर भी आश्वस्त होने

के लिए उन्होंने किसी से पूछकर ही अंदर जाना सही समझा। उन्होंने पोस्टर कि ओर देखा तो वह भी इसी ओर इशारा कर रहा था कि वह सही जगह पर आए है लेकिन दूध का जला, छाछ भी फूँक फूँक कर ही पिता है। बिना किसी कान्फर्मेशन के अंदर जाना उन्होंने सही नहीं समजा । काफ़ी सोच-विचार के बाद उन्होंने तय किया कि गेट पर आई-डी. चेक कर रहे पुलीस ऑफिसर से ही पुछा जाए | जब पुलीस ने 'हा' में जवाब देकर, उनकी आई-डी चेक करने के बाद उन्हें अंदर जाने दिया तब रुची ने चेन की साँस ली । "हाश ! आखिर कार हम पहुँच ही गए।"

"बस, अब जल्दी से जल्दी लेपटॉप मिल जाए !" दूसरी लड़की ने खुश होते हुए कहा ।

"लगता है बहुत सारे स्टूडेंट्स आने वाले है।" रुचि ने सजावट को देखकर बताया ।

लड़कियाँ मेइन गेट से अंदर की तरफ मुड़ी । सामने के रास्ते पर रंगोली बनाई जा रही थी, तो कही पर सफेद कलर से रास्ते के किनारों की सजावट की जा रही थी । पुलीस अफसर इधर उधर की व्यवस्था में लगे हुए थे, कार्यकर्ता स्वागत के लिए गेट की सजावट कर रहे थे, कुछ कार्यकर्ता गुलदस्ते सजाने में लगे हुए थे। काफी स्टूडेंट्स आ चुके थे तो काफि सारे स्टूडेंट्स आ रहे थे। इससे आगे ही एक बहुत बड़ा शामियाना लगा हुआ था । जहाँ आस-पास पुलीस खड़ी थी जो किसी को अंदर नहीं जाने दे रही थी। पुलिस ने घुमकर दूसरी तरफ़ जाने के लिए इन लड़कियों से कहा। वे घुमकर दूसरी ओर पहुँची, वहाँ पर भी कई हिस्सों में बहुत बड़ा शामियाना लगा हुआ था, जो चारों ओर से बंद था, सिर्फ छोटे - छोटे एक दो गेट लगे हुए थे, जहाँ से आया-जा सकता था। एक छोटे से गेट से लड़किया अंदर गई, चारों ओर कुर्सीयाँ- ही - कुर्सीयाँ दिखाई दे रही थी। जो बड़े- बड़े हिस्सों में सजाई गई थी । रास्ते में खड़े सिक्योरिटी गार्ड ने लड़कियों को आगे की तरफ जाने के लिए इशारा किया । लड़कियाँ उस ओर गई । कुछ बड़े- बड़े हिस्से पार करने के बाद जब वे स्टेज के सामने पहुंची तब उन्हें पता चला कि वे मेईन स्टेज से काफी दूर है और पुरे शामियाने के बीचों-बीच खड़ी हैं ।

एक लड़की ने फुसफुसाते हुए कहा, "चलो ! स्टेज के सामने ही बैठते हैं ताकि सबसे पहले हम को ही लेपटॉप मिलें।

रुची ने मुस्कुराते हुए उसकी ओर देखा और बोली, " पहली बार तूने, अपने दिमाग का सही इस्तेमाल किया है !"

सभी लड़कियाँ मेइन स्टेज के सामने वाले हिस्से में, जहाँ पर बड़ी मात्रा में खुशियाँ सजाई गई थी, सबसे आगे वाली कतार में बैठ गई। सभी लड़कियाँ इतनी देर तक चलते – चलते काफी थक गई थी । बैठते ही उन्हें आराम महसूस हुआ और सुस्ताने के लिए अपने पैर आगे कि कर के अपना सिर पीछे कि ओर टीका दिया ।

उनमें से एक लड़की अपनी आंखे मूँदते हुए बोली, "अब जाकर मुजे सुकून मिला !" उसकी इस बात पर सब ने हामी भरी ।

"हाश ! अभी तक आठ ही बजे है। अगर दस बजे से पहले मुझे लेपटॉप मिल जाता है तो दस बजे वाली बस मिल जाएगी और रात होने से पहले मैं घर पहुँच जाऊँगी ।" नीकीता ने चैन की साँस लेते हुए कहा ।

"हाँ ! जल्दी से नेता जी आकर लेपटॉप दे-दे और मैं टाइम पर घर पहुँच जाऊँ तो ताऊजी को भी चैन मिले ।" रुची ने सामने स्टेज की ओर नजर दौड़ाते हुए कहा ।

स्टेज पर आलीशान मेज और कुर्सियाँ सजाई गई थी, जिनपर नेता जी और उनके साथ आने वाले दूसरे मेहमानों के नाम की चिट लगाई गई थी। हर कुर्सी के सामने पानी की महंगी बोटले रखी गई थी। मेजों पर सुंदर गुलदस्ते सजाए गए थे । स्टेज के किनारों पर फूलों की मालाओं से सजावट की गई थी। कुर्सियों के पीछे एक बड़ा सा पोस्टर लगा था जिसमें नेता जी की बड़ी फोटो थी और लेपटॉप के फीचर्स का गुणगान किया गया था, उसके चारों ओर भी फूलों की माला से सजावट की गई थी। बड़े स्टेज के नीचे एक छोटा सा स्टेज सजाया गया था । जिसपर तरह- तरह के वाध्य सजाए गए थे। एक तरफ तरह- तरह के माइक रखे गए थे। स्टूडेंट्स की एक टोली सज-धजकर स्टेज के नीचे तैयार खड़ी थी । बहुत सारे लोग जो चीजों की व्यवस्था कर रहे थे, जिनमें कुछ स्टूडेंट्स इधर- उधर भागकर निर्देशों का पालन कर रहे थे तो कुछ चपरासी लग रहे थे जो चीजें इधर-से -उधर उठा कर रख रहे थे। कुछ प्रोफेसर्स थे जो

इन सब का निर्देशन कर रहे थे। चारों ओर बड़ी-बड़ी टीवीयाँ लगाई गई थी। जिनपर, स्टेज पर होने वाली सारी चहल-पहल बहुत दूर बैठने के बावजूद अच्छे से दिखाई दे। स्टेज पर काफी चहल-पहल नज़र आ रही थी पर अभी भी कही पर नेताजी के आने की कोई गुंजाइश नज़र नहीं आ रही थी।

माइक के सामने प्रोफेसर ने "...हेलो...हेलो...." कहकर माइक चेक किया। सबने अपना ध्यान स्टेज की ओर स्थिर किया।

निकीताने खुश होते हुए कहा, "चलो ! लगता है नेता जी आ गए हैं या तो बस थोड़ी ही देर में आ जाएंगे।"

प्रोफेसर ने अपना परिचय देते हुए आगे बोलना जारी रखा, "प्यारे विद्यार्थी मित्रों, आज हम यहाँ पर लेपटॉप आवंटन के लिए एकत्रित हुए है, जो हमारे प्रिय नेता जी के हाथों से होने वाला है। जबतक नेता जी का आगमन नहीं होता तबतक हम संगीत विद्याशाला के विद्यार्थीयों के संगीत का रसास्वादन करेंगे। मेरा संगीत विद्याशाला के विद्यार्थीओं से अनुरोध है कि वे अपना स्थान ग्रहण करें और अपने संगीत से सभी को लाभान्वित करें, धन्यवाद।" तालियों की गड़गड़ाहट से माहोल जीवंत हो उठा।

रुचि और निकिता के चेहरे उतर गए। रुचि नाराज होते हुए बोली, "मतलब, नेता जी को आने में अभी काफी देर है।"

निकिता आँखे बंद करते हुए बोली, "इस अनाउसमेंट का मतलब तो इसी ओर संकेत दे रहा है !"

स्टेज के पास खड़े संगीत विद्यालय के विद्यार्थी कतार बंद छोटे स्टेज पर आए और अपने-अपने निर्दिष्ट स्थान पर बैठ गए। वाद्यों की जांच-पड़ताल कर अपना संगीत शुरू किया। आस-पास लगी बड़ी टिवीयों पर यह विद्यार्थी स्पष्ट रूप से दिखाए जाने लगे।

"रुची ! नेता जी अभी तक नहीं आए, पता नहीं ! मैं घर कब पहुँच पाऊँगी।" निकिता ने ऊबते हुए कहा। स्टेज पर बज रहा मधुर संगीत भी आज इनके मनों को शांत करने के बाजाए ओर अशांत कर रहा था।

"लगता है अगर यह नेता लोग जनता को इंतजार न कराए तो इनकी वैल्यू कम हो जाती है ?" हताश होकर रुचि ने भी व्यंग्य किया।

"सही कहती हो । इनको भीड़ इकट्ठा करने का सिर्फ मौका चाहिए। तुम्हें क्या लगता है, इन्होंने कॉलेज स्टूडेंट्स को ही लेपटोप क्यों दिया ? वे चाहते तो स्कूल के स्टूडेंट्स को भी दे सकते थे या फिर इसी बजट में गरीब बच्चों के लिए पढ़ाई में भी बदलाव लाया जा सकता था। कई गवर्नमेंट स्कूल इसे है जहाँ पर कंप्युटर लेब्स नहीं है, वहाँ पर भी तो कुछ नया किया जा सकता था पर कॉलेज स्टूडेंट्स को ही क्यों टारगेट किया ?" गंभीर भाव से नीकीता ने पूछा।

"शायद कॉलेज में लेपटॉप की जरूरत ज्यादा पड़ती होगी !" रुची ने मासूमियत से जवाब कर दिया ।

रुची की मासूमियत पर नीकीता खिलखिला कर हँसने लगी, " तु कितनी भोली है, पगली !"

रुची उसके सामने देखकर मुस्कराती है, " समझी नहीं !"

"यह नेता बड़े चालक होते है ।"

" कैसे ?"

"अभी हम अठारह साल के होने वाले हैं यानी कि नए वॉटरस।"

"लेकिन इससे लेपटॉप से क्या लेना देना?" रुची ने आश्चर्य से पूछा ।

"अरे ! ये नयी-नयी स्कीम नए वॉटरस को देकर उन्हें इंप्रेस करना चाहते है ताकि उनका पक्का वॉट इस नेता के लिए ही जाए।" निकिता ने बड़ी घंभीरता से कहा ।

रुची सोच में पड़ गई।

"समझी कुछ ?" नीकीता ने रुचि को देखते हुए पूछा।

"हाँ ! सही कह रही है तू !" अभी भी रुचि असमंजस में थी।

"तेरे पल्ले कुछ भी नहीं पड़ने वाला । बस ! तु अपने लेपटॉप पर ध्यान दे ।" रुचि का चेहरा देखकर नीकीता ने ठिठोली की ।

संगीत विद्यालय के विद्यार्थीओं को अपनी कला का प्रदर्शन करते - करते एक घंटा बीत गया लेकिन अभी-भी नेता जी के आने के आसार नज़र नहीं आ रहे थे। काफी घंटो से बैठे विद्यार्थी उकताकर कभी संगीत कला निहारते तो कभी इधर उधर नज़रें दौड़ाते । ज्यादातर चेहरे उब की वजह से लटके नज़र आ रहे थे तो कुछ चेहरों पर अभी भी उत्सुकता

बनी हुई थी। थोड़ी देर बाद संगीत बंध हो गया । फिर वही प्रोफेसर माइक के सामने आ गए। सब के चेहरों पर आशा की एक लहर दौड़ गई। उन्होंने बोलना शुरू किया, "प्यारे विद्यार्थीओ! संगीत विद्यालय के विद्यार्थीओ के द्वारा प्रस्तुत किया गया संगीत तारीफ ए- काबिल है । हम सब मिलकर उनका तालियों से उत्साह - वर्धन करेंगे ।" सभी ने तालियाँ बजाई । तालियों के आवाज से दिशाएँ गुंजने लगी। तालियों की आवाज शांत होने के बाद प्रोफेसर ने फिर से बोलना शुरू किया, "शानदार संगीत के बाद मैं नाट्यशाला' के विद्यार्थीओं को आमंत्रित करना चाहूँगा कि वे भी अपनी कला से हमारा मनोरंजन करें और आप सब से अनुरोध है कि आप उनका तालियों से उत्साह वर्धन करें ।"

कुछ विद्यार्थी छोटे स्टेज पर आ गए और सजावट बदली जाने लगी । जहाँ पर वाद्ययंत्र और माईक दिखाई दे रहे थे वहाँ पर अब रंगभूमि का दृश्य उपस्थित हो गया । देखते-ही-देखते नाटक शुरू हो गया। निकीता और रुचि के चेहरे फिर से उतर गए।

"यह सब क्या है ? और कितनी देर लगेगी?" निकीता ने उकताते हुए पूछा। यह जानती थी कि इस सवाल का जवाब तो किसी के भी पास नहीं है फिर भी उससे अपने मन की बैचेनी जाहीर किए बिना नहीं रहा गया ।

"पता नहीं क्या हो रहा है ।" रुची का चेहरा भी चिंतित नज़र आ रहा था।

काफी देर तक दोनों ने नाटक पर ध्यान देने की कोशिश की। कुछ देर तक ध्यान से देखती तो कुछ देर इधर-उधर नजरे घुमाती, कभी एक-दूसरे को देखकर मुंह लटका देती । आस-पास बैठे हुए सभी का यहीं हाल नज़र आ रहा था। किसी को क्लास के लिए जाना था, किसी की बस या ट्रेन छुट रही थी, हर किसी का कोई-न-कोई काम स्थगित हुआ था।

"ये लोग पहले से बता नहीं सकते थे कि नेता जी किस वक्त आने वाले है !" रुची ने पूरी तरह निराश होकर कहा ।

"आम इंसान के वक्त की कद्र ही नहीं है इन लोगों को।" निकिता का गुस्सा दिखाई दे रहा था । "अगर होती तो हमारा देश कीतना आगे होता।"

"वक्त तो छोड़, लोगों की ही कद्र नहीं है!" रुची ने भी अपना गुस्सा जाहिर किया।

"बिल्कुल सही कहा तुमने ! इनको तो सिर्फ अपने वोट बैंक से मतलब है। ज्यादा-से ज्यादा लोग इकट्ठे करो और अपने गुणगान करके वोट-बैंक बनाओ, बस यहीं उनका उद्देश्य होता हैं।" निकिता ने अपनी राय दी।

"नेताओं से इतनी उदासीनता भी सही नहीं।" रुचि, निकिता की बात से सहमत नहीं हुई। इससे पहले कि निकिता कुछ बोलती, उसके फोन की रिंग बजी।

"हैलो ! ....हाँ मम्मी ! ....नहीं अभी तक तो शुरू नहीं किया...... नहीं, अभी तक नेता जी भी नहीं आए......... कुछ भी पता नहीं कि और कितनी देर लगेगी......... ठीक है।" कहते हुए निकिता ने फोन कट दिया।

"तुम्हारी मम्मी चिंता कर रही होंगी ना?" निकिता की बात सुनकर रुचि ने पूछा।

"हाँ ! मेरी नौ बजे की बस तो छुट ही गई है। अब लगता है कि ग्यारह बजे वाली बस भी छूट जाएगी।" निकिता ने चिंतित होते हुए कहा।

नाटक खतम हो चुका था पर ज्यादातर किसी का ध्यान उस तरफ नहीं था। कोई अपनी बातों में मस्त था, कोई अपने आस-पास के लोगों को घूरने में व्यस्त था, तो कोई अपने फोन में व्यस्त था। वहीं प्रोफेसर फिर से स्टेज पर आ गए, "नाट्य विद्यालय के विद्यार्थीओं की इस लाजवाब प्रस्तुति के लिए फिर से एक बार उनका तालियों से उत्साह वर्धन करें......" तालियों की आवाज कम होने लगी थी। बच्चों का उत्साह भी कम होता हुआ दिखाई दे रहा था। "........आखिरकार हमारा इंतजार खतम होने जा रहा है। हमें पता चला है कि कुछ ही देर में नेता जी हमारे बीच में पधारने वाले हैं।" सबके चेहरे पर खुशी की लहर दौड़ गई। सब अपनी-अपनी जगहों पर व्यवस्थित होने लगे।

क्या इन लोगों को नेताजी के आने की खुशी थी। नहीं, इन्हे नेताजी से कोई मतलब नहीं है, ना ही इन्हे नेताजी में कोई दिलचस्पी है। इनलोगों की दिलचस्पी लैपटॉप में है और नेताजी के आने का संकेत इस

ओर संकेत कर रहा है कि उन्हें अपने मतलब की चीज जल्दी ही मिलेगी । अगर इन लोगों को लैपटॉप कॉलेज से ही मिल जाता और लैपटॉप के लिए इस प्रोग्राम में आना कम्पलसरी न होता तो यहाँ पर शायद ही आज कोई नजर आता ।

"हाश ! एक बजे वाली बस मुझे मील जाएगी ।" नीकीता ने चेन की साँस लेते हुए कहा |

"हाश ! जल्दी से घर पहुँचु तो ताऊजी का टेंशन कम हो ।" रुची ने अपनी कुर्सी में आगे की ओर झुकते हुए कहा।

स्टेज के पीछे के पर्दे से जोर-जोरे से चिल्लाने की आवाजें आने लगी । बहुत से लोग इकट्ठा हो गए हो ऐसा लग रहा था । कुतूहल वश सभी अपनी-अपनी जगह खड़े होकर उस तरफ देखने लगे । नेता जी स्टेज की ओर आते हुए दिखाई दिए । उनके आस-पास मीडीया वालों ने घेरा बना रखा था। नेता जी स्टेज पर पधारे, मीडिया वालों को निचे ही रोक दिया गया । सब के चहरों पर खुशी की लहर दौड़ गई। तालियों से हॉल गुंजने लगा ।

नेता जी के साथ-साथ शहर के दूसरे महानुभाव भी आए थे, जो सभी अपनी-अपनी निर्धारित जगह पर विराजमान हुए | हार पहनाकर तथा शाल ओढ़ाकर नेता जी का स्वागत किया गया । स्टेज पर एंकर आए और उन्होंने नेता जी को दीप प्रज्वलित कर इस कार्यक्रम का शुभारंभ करने के लिए अनुरोध किया । दीप - प्रज्वलित करने के बाद जब सब अपनी जगह पर पुन : पधारे तब एंकर ने नेता जी के गुणगान का दौर शुरू किया ।

निकिता ने फुसफुसाना शुरू किया, "यार ! ग्यारह बजे वाली बस तो छूट गई अब एक बजे वाली मील जाए तो अच्छा है!" रुची ने हाँ में सर हिला दिया। निकिता का मन बार-बार सिर्फ एक ही ओर जा रहा था, जिसके लिए वह बहुत ही बेताब थी । कल से ही कॉलेज में दो दिन कि छुट्टी थी ओर फिर संडे इसीलिए इस मौके का फायदा उठकर वह अपने घर जाना चाहती थी । बिना लंबी छुट्टी के उसका घर जा पान नामुमकिन था क्योंकि उसका घर दूर था इसीलिए आने जाने में ही काफी वक्त लग जाता था और चालू कॉलेज में छुट्टी भी नहीं मिलती ।

नेता जी माईक के सामने खड़े हो गए थे और जोर-जोर से हो रही, तालियों की घड़घडाहट नेता जी के चेहरे पर हल्की मुस्कान बिखेर रही थी। तालियों की आवाज खतम होते ही नेता जी ने बोलना शुरू किया, "मेरे प्यारे विद्यार्थी भाई बहनों ! आज मुझे, आपसे मिलकर जो खुशी हो रही है वह अनंत है। मैं बता नहीं सकता कि मेरे देश की आने वाली पीढ़ी को मेरे सामने देखकर मुझे कितना गर्व हो रहा है।" फिर से तालियों की आवाज़ आसमान को छुने लगी। "आपकी यह सक्रियता देखकर मेरा सीना गर्व से चौड़ा हो रहा है । मैं देख सकता हु कि इस देश का भविष्य कितना उज्ज्वल रहेगा......। युवा पीढ़ी की कार्य क्षमता को बढ़ावा देना ही हम जैसे नेताओं का काम है। हर किसी में एक अलग क्षमता होती है अगर उस क्षमता का सही से इस्तेमाल करवाया जाए और इस युवा पीढ़ी को मौका दिया जाए अपने ज्ञान का सही इस्तेमाल करने का तो हमारा देश विश्व में सर्वोपरि रहेगा । हमारा मुकाबला करने वाला कोई नहीं रहेगा... और युवा पीढ़ी के इस ज्ञान...... क्षमता...... और सक्रियता को बढ़ावा देने के लिए निरंतर उत्साह वर्धन और उनकी आवश्यकताओं को ध्यान में रखना जरूरी होता है....।"

नेता जी की दृढ़ वाणी और उच्च विचार रुची को प्रभावित कर रहे थे "देख निकीता, नेता जी के विचार कितने उच्च है, देश के बारे में कितना सोचते है !" निकीता के चेहरे पर एक व्यंग्यात्मक मुस्कान दौड़ गई। पर उसने एक शब्द भी नहीं बोला ।

नेता जी का भाषण जारी था, "......और इन युवाओं के उत्साह वर्धन और उनकी जरूरतों को पूरा करने के लिए एक सक्षम व सक्रिय सरकार का होना जरूरी होता है। जब से हमारी पार्टी की सरकार बनी है... तब से... हमारी पार्टी का निरंतर यही प्रयास रहा है कि युवा पीढ़ी को बेहतर से बेहतर शिक्षा एवं नौकरी उपलब्ध कराई जाए... और इसी बात को ध्यान में रखते हुए इस बार हमारी सरकार ने इन सक्षम युवाओं को लेपटॉप देने का निर्णय किया है....... वह भी बिल्कुल कम कीमत पर...... यह टेक्नोलॉजी का जमाना है और इस तकनीकी युग में इन महेंगी चीजों को न खरीद पाने की वजह से हमारे युवा इस ज्ञान से वंचित रह जातें है। मैं नहीं चाहता कि ऐसे अभावों की वजह से हमारी युवा पीढ़ी तकनीकी ज्ञान

में पिछड़ी रहे .... इसीलिए मैंने और हमारी पार्टी ने काफी मिन्नतें करके लेपटॉप वितरण की अनुमति पाई हैं। मैं आज बहुत खुश हूँ कि आज हमारा छोटा सा यह कार्य सफल होने जा रहा है...... मेरे प्यारे युवा भाई-बहनों ! भविष्य में भी हमारी पार्टी ऐसी सेवा करती रहेगी और काफी सालों से करती आई हैं...... अब यह आपके हाथ में है कि आप हमारी सेवा भविष्य में लेना चाहते है कि नहीं?...... अगर आप ऐसे ही लाभ भविष्य में भी चाहते है तो... हमारी पार्टी को साथ दीजिए और हमारी सरकार बनाने में अपना योगदान दीजिए......हम हमेशा आपके साथ खड़े रहेंगे .... इसी के साथ ... जय हिंद ! धन्यवाद !"

नेता जी के भाषण के अंत के साथ ही तालियों की आवाज जोर पकड़ने लगी । सबके चेहरों पर चमक और खुशी नज़र आने लगी, समझ नहीं आ रहा था कि यह लोग नेता जी के भाषण से प्रभावित हैं या लंबे इंतजार के बाद उनके मन की मुराद पूरी होने की वजह से उत्सुक थे।

एंकर ने फिर से स्टेज संभाल लिया था और वह घड़ी आ पहुंची थी जिसके लिए सब बेताब थे।

"रुची एक बज चुका है। मेरी एक बजे वाली बस भी छुट गई । लगता है। अब तीन बजे वाली बस से ही जाना पडेगा।" निकिता ने घड़ी की ओर देखते हुए कहा ।

"बहुत ही ज्यादा देर लगा दी, इन्होंने!" रुचि ने भी कुछ सुस्ताते हुए कहा।

"जिस दिन इन नेताओं ने आम जनता के समय का आदर करना सीख लिया न उस दिन यह देश बहुत आगे होगा।" निकीता ने गंभीरता से अपना विचार रखा।

रुची उसका मुंह देखने लगी । उसे समझ नहीं आ रहा था कि वह क्या बोले। निकीता की बात भी कहीं न कहीं तो उसे सच ही लग रही थी। तो नेता जी के लिए उसके मन में अपार आदरभाव था । वह किसका पक्ष ले यह निर्णय नहीं कर पा रही थी इसलिए उसने चुप रहना ही बेहतर समझा ।

स्टेज से एंकर की आवाज फिर से आने लगी थी, एंकर बोल रहा था, "तो प्यारे विधीयर्थी मित्रों ! वह पल आ पहुचा है.. .. जिसका आप सभी

को बेसब्री से इंतजार था। जी हाँ! मैं लैपटॉप अवांटन की बात कर रहा हूँ .. ..” इतना सुनना था कि तालियों की आवाज से सारा माहोल गूँज उठा, सबके चहेरो पर उल्लास दौड़ गया। एंकर ने सबको शांत करते हुए कहा, “थोड़ा धैर्य रखें और शांति से अपनी बारी आने का इंतजार करें। मैं बारी –बारी से नाम पुकारूँगा, वह यहाँ आकर अपना लैपटॉप ले जाएगा और बाकी सब शांति बनाए रखेंगे .. ..”

नेता जी के हाथ में पैक किया हुआ एक लेपटोप था और जिस बच्चे का नाम उद्घोषित किया गया था वह चहकते हुए स्टेज की ओर बढ़ रहा था।

"हमारा नाम कब आएगा, रुची ?" नीकीता ने बच्चों पर नजर दौड़ाते हुए कहा।

"पता नहीं ! इतने सारे स्टूडेंट्स है ! हमारा नंबर कौन सा होगा ! क्या पता ?" रुचि ने मायूस होते हुए कहा।

"चलो ! अब जल्द ही हमें लेपटॉप मिल आएगा।" उनके साथ आई बाकी लड़कियाँ भी चहक उठी।

एंकर बारी-बारी से बच्चों के नाम अनाउंस कर रहे थे और स्टेज पर खड़े नेता जी बारी-बारी से सबको लेपटॉप दे रहे थे। नीचे बैठे हुए बच्चे अपनी बारी का इंतजार करते हुए इधर उधर ताक-झाँक रहे थे। करीबन दस बच्चों का नाम अनाउंस करने के बाद एंकर ने बताया कि नेता जी अब विदा लेंगे और बाकी सभी बच्चे पास वाले पंडाल में अरेंज किए गए काउंटरर्स पर से अपना लेपटॉप लेंगे | बस ! यह सुनना था कि सभी बच्चे उठकर, बीना - किसी की और बात सुने उस पांडाल की ओर भागने लगे।

गेट पर भीड़ बढ़ने लगी। निकलने का रास्ता छोटा था और निकलने वालों की संख्या में उतरोत्तर बढ़ोतरी हुए जा रही थी। पंडाल के बाहर ही, रात को हुई बारिश की वजह से कीचड़ फैला हुआ था और इस कीचड़ की दूसरी ओर था दूसरा पंडाल जहाँ पर लॅपटॉप दिए जाने थे। इस भगदड़, में कितने ही कीचड़ में गिरे, कितनों को चोटें पहुंची तो कितने ही एक - दूसरे के धक्के खाकर ही गिर पड़े।

निकिता और रुचि के साथ आई लड़कियां भी एक-दूसरे से बिछड गई। काफ़ी देर तक रुची और नीकिता एक - दूसरे का हाथ पकड़े भीड़

में धक्के खाती रही । एक धक्का ऐसा लगा कि नीकीता और रुची भी एक-दूसरे से दूर हो गए । काफी देर तक रुचि, निकिता को ढूंढती रही पर उसे वह कहीं भी दिखी नहीं। जहाँ भी नज़र दौड़ाती थी, अजनबी चेहरे ही नज़र आ रहे थे, जो भीड़ के धक्के खा-खाकर लाल और त्रस्त हो गए थे ।

भीड़ में धक्के खाती-खाती रुचि, कीचड़ से सनी हुई, आखिरकार उस पंडाल में पहुंच गई । जिस लाइन में उसे लगना था, उसके करीब वह पहुँच चुकी थी कि धक्कों की एक लहर ने उसे बहुत दूर ले जाकर खड़ा कर दिया । वह फिर से उस लाइन तक पहुंचने का प्रयास करने लगी। इससे पहले की वह लाईन तक पहुँच पाती भीड़ बढ़ती ही गई । इतनी ज्यादा भीड़ देखकर लॅपटॉप देने वाले भी भयभीत हो गए थे। भीड़ को काबू में लाना मुश्किल होता जा रहा था। रुची लाइन की ओर बढ़ने लगी लेकिन जब उसे लगा कि वह किसी भी तरह वहाँ नहीं पहुँच पाएगी तो वह वापस बाहर निकलने वाले गेट की ओर मुड़ी, उसकी साँस फूलने लगी थी । इतनी भीड़ में कदम रखना तो दूर साँस लेना भी दूभर हो रहा था ।

अब तक लेपटॉप देने वालों ने लेपटॉप बाद में देने का अनाउंसमेंट कर दिया था पर अपना पूरा दिन बर्बाद करने के बाद, अब भी सब के दिलों में एक आशा थी कि उनको लेपटॉप मील जाएगा और इसी आशा के साथ भीड़ बढ़ती ही जा रही थी । उपरसे लेपटॉप अभी नहीं देने का अनाउंसमेंट सुनकर तो बच्चों में रोष भी बढ़ने लगा | इसी भीड़ की वजह से रुचि ना ही बाहर जा पा रही थी और न ही अपनी लाईन की ओर बढ़ पा रही थी। वह उसी जगह पर कभी इधर से धक्के खा रही थी तो कभी उधर से धक्के कहा रही थी | हर किसी का यही हाल था, सभी धक्के ही खा रहे थे । रुची का सर चकराने लगा था, उसे लग रहा था जैसे अब वह खड़ी भी नहीं रह पाएगी । वह चिल्लाकर बाहर निकलना चाहती थी पर उसके मुंह से आवाज निकलना तो दूर की बात, साँस भी नहीं ले पा रही थी | उसे आस-पास का सब कुछ धुंधला नज़र आने लगा था । इससे पहले कि वह गिरकर सबके पैरो तले रौंदी जाती, किसी लड़के को स्फूर्ति से भीड़ को चीरता हुआ अपनी ओर बढ़ता हुआ देख रही थी पर अब उसमें उतनी भी हिम्मत नहीं बची थी कि उसके आने तक अपने आप को संभाल पाती |

3

निकिता को घर जाने की चिंता थी अगर वह आज घर नहीं जा पाती तो पता नहीं और कितने दिनों तक घर जाने का मौका ही न मिल पाएगा, उपर से वह हॉस्टल से छुट्टी ले चुकी थी। मतलब कि किसी भी हालत में उसका घर जाना जरूरी था। उसकी दो बसें छूट चुकी थी। एक आखिरी बस बाकी थी जो तीन बजे की थी।

जब सभी बच्चे उठकर लेपटॉप लेने के लिए जाने लगे तब नीकीता ने एक बार अपने फोन में टाइम देखा, ढाई बज रहे थे। वह सोचने लगी, क्या वह आधे घंटे के अंदर लेपटाप लेकर डिपो तक जा सकती है? यह विचार आते ही निकिता ने जल्दी- जल्दी अपने कदम लेपटॉप वितरण वाली डॅस्क की ओर बढ़ाए। उतने में ही भीड़ बढ़ने लगी और भीड़ के एक जोरदार धक्के ने नीकीता और रुचि को अलग कर दिया। भीड़ के साथ रुचि बहुत आगे जा चुकी थी। उसने आवाज लगाने की कोशिश की लेकिन उसकी आवाज रुचि तक पहुँच पाना मुश्किल था। उसने फोन करने के बारे में भी सोचा मगर इतनी भीड़ में फोन की आवाज सुन पाना मुश्किल लगा फिर कुछ दृढ़ निश्चय करते हुए वह आगे की ओर बढ़ने लगी। भीड़ में धक्के खाते -खाते वह बाहर आ गई जहाँ से दूसरी तरफ लेपटॉप वितरण का पांडाल था। पीछे की ओर से एक जोरदार धक्का आया और बहुत सारे बच्चों को पास ही में , बारिश की वजह से हुए कीचड़ में घिरा दिया। कुछ बच्चे तो कीचड़ से पूरी तरह सन गए, कुछों के तो हाथ-पाँव कीचड़-कीचड़ हो गए।

निकिता कीचड़ में गिरते-गिरते बची पर उसके पाँव पूरी तरह से कीचड़ में सन गए | उसने इस भीड़ के आक्रोश को देखा, उसे लगा कि किसी भी तरह अब वह लेपटॉप नहीं ले पाएगी । उसने अपना फॉन निकाला, 2 बजकर 50 मिनट हो रहे थे, "अगर तीन बजते-बजते मैं बस स्टैन्ड पर नहीं पहुंची तो ना मैं घर की रहूँगी ना घाट की ।" निकिता होस्टल से छुट्टी ले चुकी थी अब वह वापस होस्टल नहीं जा सकती थी अगर मजबूरन चली भी गई तो एक महीने तक दुबारा छुट्टी मिलने की कोई गुंजाइश नहीं थी । किसी भी तरह उसे घर तो जाना ही था । उसके पास सिर्फ दस मिनट बचे थे पर क्या पता यह सोचते-सोचते एक-दो मिनट और कम हो गए होंगे। उसने चारों तरफ देखना शुरू किया लेकिन इतनी भीड़ में उसे कुछ भी समझ में नहीं आ रहा था कि बहार निकलने का गेट किस तरफ है फिर भी हिम्मत करके भीड़ को चीरती हुई वह एक ओर निकली। उसे सामने की ओर बहुत से लोग आगे की ओर जाते नजर आए। वह भी उसी और तेज - कदमों से बढ़ने लगी । वह एक सड़क पर आकर रुक गई जहाँ पर बहुत सारे वाहन इधर - उधर को जाने के लिए उतावलें हो रहे थे। ये वहीं लोग और उनके वाहन थे जो अभी-अभी प्रोग्राम से बहार निकले थे।

उसने आस पास देखा, उसे बहुत सारी ऑटो नज़र आ रही थी पर ज्यादातर उसकी विरोधी दिशा में जा रही थी और जो ऑटो उसकी दिशा में जा रही थीं वे लोगों से ठसाठस भरी हुई थी ।

चलते-चलते वह एक चौराहे पर आकर रुक गई। सामने देखा एक ओटो में लोग बैठ रहे हैं। ज्यादातर तो कॉलेज के स्टूडेंट्स ही थे पर उसे लगा कि किसी भी तरह इसी ओटा में जगह मिल जाए तो अच्छा है | वह हिम्मत करके आगे बढ़ी और पूछा, " भैया ! बस-स्टेशन जाना है !"

"मेडम पंद्रह रुपए लगेंगे।" ऑटो ड्राइवर ने व्यस्तता से जवाब दिया।

"ठीक है भैया !" कहती हुए वह बैठे गई। अगर कोई ओर दिन होता तो वह पंद्रह रुपए किराया कभी नहीं देती या तो ऑटो वाले से बहस छेड़ देती और किराया कम करवा कर ही दम लेती या पैदल ही चली जाती । ऊपर से इतने सारे लोगों को बिठाने के लिए और डांट लगाती लेकिन आज उसे कुछ भी सूज नहीं रहा था। आज, अगर कुछ उसके दिमाग में मंडरा

रहा था तो वह था कि वह कैसे भी करके तीन बजने से पहले बस-स्टेशन पहुँच जाए । दो लोग ड्राईवर के पास बैठे थे और चार लोग पीछे की ओर ठसा-ठस भरे हुए थे। निकिता बिलकुल बाहर की ओर पैर लटकाए बैठि हुई थी । लग रहा था जैसे एक ही जटके में नीचे गीर जाएगी ! पर नीकीता अपने आपको बड़ी कठिनाई से संभाले हुए बैठी हुई थी। घड़ी की सूई के साथ साथ उसकी धड़कने भी तेज होती जा रही थी ।

ऑटो वाले ने उसे बस-स्टेशन के आगे वाले चौराहे पर उतार दिया, जहाँ से बस-स्टेशन तक चलकर जाना कोई मुश्किल काम नहीं था पर फिर भी निकिता को आज यह अंतर भी सात समंदर पार करने जीतना लगा। उसने जल्दी-जल्दी ऑटो से उतरकर किराया चुकाया और फॉन निकालकर टाइम देखा, 3 बज रहे थे । उसने तेज कदमों से बस-स्टेशन की ओर बढ़ना शुरु किया | उसने दस कदम भी नहीं बढ़ाए होंगे कि किचड़ से सने उसके चप्पल की पट्टी टुटा गई, उसके लिए अब चल पाना और भी दूभर हो गया । एक तो पहले ही गभराहट की वजह से वह अपने कदम उठा नहीं पा रही थी, उपर से चप्पल टूट गई। उसने निराशा भरी एक दृष्टि अपने चप्पल पर डाली, अपना जी कड़ा किया और अपने कदम आगे की ओर बढ़ा दिए।

हालात इंसान को कितना बदल देते हैं न... जो लड़की कभी बिना मुंह धोए कमरे से बहार भी नहीं निकलती थी, वही लड़की कीचड़ रो सनी हुए, जिसकी चप्पल टूटी हुई है वह बेफाम अपनी मंजिल की ओर बढ़ती चली जा रही है। आज वह उसके दिमाग में यह विचार नहीं आ रहा कि उसे देखकर लोग क्या कहेंगे ! आज उसके दिमाग में सिर्फ एक ही चीज बार -बार शोर मचा रही है कि जल्दी से जल्दी अपने कदम बढ़ाओ और अपनी मंजिल पर पहोचों | जब हमारी मंजिल साफ हो, और दूसरा कोई विकल्प ही न बचे तब हमें सिर्फ और सिर्फ वह मंजिल नजर आती है, आस पास की सारी चीजें धुंधलाने लगती है और कोई भी कैसी भी मुश्किल हमें रोक पाने में नाकाम हो जाती है। किसी भी मुश्किल में इतना दम कहा कि वह पागलों कि तरह अपनी मंजिल को चाहने वालों को रोक सके ।

निकीता जब बस-स्टेशन के प्लेटफोर्म पर पहुँची तो सामने ही बस खड़ी थी । उसे पाँच-दस मिनट लग गए मगर बस भी अभी तक निकली

नहीं थी। मानों उसी का इंतज़ार कर रही थी। वह जल्दी से बस में चढ़ गई, उसे जगह भी मील गई। सीट पर बैठकर उसने चैन की साँस ली, मोबाइल निकालकर टाइम देखा 3:15 हो रहे थे। अब उसने अपने आप का मुआइना लेना शुरू किया, वह जिस हालत में थी, उसे देखकर उसे खुद अपने आप पर ताज्जुब हुआ पर उसने अपने आपसे कहा, "कोई बात नहीं घर पहुँच कर सब कुछ ठिक हो जाएगा | अच्छा हुआ मैं वहाँ से सही-सलामत निकल आई।

घर पर उसका बेसब्री से इंतजार हो रहा था । उसके आने कि खुशी में उसकी दादी सोई नहीं थी, उसकी मम्मी भी बाहर आँगन में चक्कर लगा रही थी । उसे देखते ही सब खुश हो गए, उसने मम्मी और दादी के पैर छूए और घर में आते ही सामने अपने पापा का लगा हुआ फोटो देखकर बोली, "पापा में आ गई !" और फिर एक हल्की सी मुस्कान उसके चेहरे पर दौड़ गई ।

"चालों, अभी कहना कहा लो ! बहोत रात हो गई है, बस में तो तुमने कुछ खाया नहीं होगा !" कहते हुए उसकी मम्मी उसे किचन में ले गई ।

रुचि के पापा के आर्मी ऑफिसर थे । उन्हें शहिद हुए सालों गुजर गए थे। जब वह शहिद हुए थे तब निकिता बहुत छोटी थी इसीलिए निकिता के साथ उसके पापा कि सिर्फ कुछ धुंधली- धुंधली यादें थी पर वह यादें भी उसे हमेशा यह अहेसास दिलाती कि कश उसके पापा उसके साथ होते |

उन्ही यादों को ताजा करने के लिए दूसरे दिन वह अपने पापा के कमरे में चली गई, जहाँ पर अक्सर कोई नहीं जाता था । वह सारी चीजों को देखने लगी, उन्हे छूने लगी । उसे एस महसूस हो रहा था जैसे उसके पापा उसके पास हों । तभी अचानक उसकी नजर एक छोटे से बक्से पर पड़ी, उसने कुतूहल वश वह बक्सा खोल दिया । उसमें उसके पापा के कुछ फ़ोटोज़ थे । उसने उन फ़ोटोज़ को उठाया और देखने लगी । सारे फ़ोटोज़ यूनिफॉर्म में थे,कुछ ग्रुप फ़ोटोज़ भी थे । इन सारे फ़ोटोज़ को देख कर वह खुश हो रही थी कि अचानक एक ग्रुप फ़ोटो में उसकी नजर एक चहेरे पर तिक गई । वह अपने आप से बोली, 'यह चेहरा तो रुचि के ताऊजी जैसा लग रहा है पर रुचि ने इसके बारें में मुजे कभी कुछ बताया नहीं ! वैसे

मैंने भी तो उसे अपने पापा के बारे में उसे कुछ नहीं बताया !' फिर उसकी नजर कुछ पुराने कागजों पर पड़ी, जिन में से कुछ पर जलने के निशान थे और कुछ पर सुखा हुआ खून लगा हुआ था । उसने उन कागजों को खोलकर पढ़ना सुरू किया । उन कागजों को पढ़ते ही उसकी आँखे फटी कि फटी रह गई । उन्हें पढ़ने के बाद न वह कुछ बोलने कि हालत में थी ना ही कुछ समजने कि हालत में थी।

4

जब रुचि की आँख खुली तो ताऊजी बेहाल से उसके सामने बैठे थे । वह अस्पताल के बिस्तर पर लेटी हुई थी, उसके शरीर में उसे कमजोरी सी महसूस हो रही थी । अपनी दबी सी आवाज में उसने पुकारा, "ताऊजी ......" ताऊजी ने ऊपर देखा, उनकी आंखें नम थी, "कैसी है, मेरी बच्ची ? कुछ चाहिए तुझे ?" ताऊजी कि आवाज भी कुछ नम सी थी ।

"नहीं ताऊजी, कुछ नहीं चाहिए ......" रुचि ने अपना सिर ना में हिलते हुए कहा ।

कुछ देर तक दोनों ही शांत बैठे रहे । फिर रुचि ने बोलना चालू किया, "ताऊजी ......आई एम सॉरी ! मुझे आपकी मनाही पर वहाँ नहीं जाना चाहिए था ।" इतना बोलते- बोलते उसकी आँखों से आँसू बहने लगे ।

"कोई बात नहीं मेरी बच्ची ! आगे से ध्यान रखना !" ताऊजी उसके आँसू पोंछने लगे । रुचि के आँसू देखकर उनका सारा गुस्सा शांत हो गया था । रुचि के होश में आने से पहले वे सोच रहे थे कि, इसके होश में आते ही इसको इतना झिड़कूँगा कि यह कभी भी जाने कि हिमाकत नहीं करेगी लेकिन जैसे ही रुचि होश में आई, उनकी जबान से आवाज ही नहीं निकल पा रही थी ।

"अब तुम आराम करो ! डॉक्टर ने तुम्हें आराम करने के लिए बोला है।" रुचि के सिर पर हाथ सहलाते हुए ताऊजी ने कहा।

"ठीक है ......ताऊजी ।" कुछ देर आंखें बंद कर के रुचि मौन रही फिर आंखें खोल दी, "पर ......ताऊजी ! मुझे यहाँ कौन लाया ?" जैसे ही उसे कुछ याद आया उसने अपने ताऊजी से पूछा ।

“एक लड़का तुम्हें यहाँ लेकर आया था, उसी ने मुझे फोन करके यहाँ बुलाया ।” उन्होंने उदास होते हुए कहा ।

लड़के के बारे में सुनते ही रुचि की आँखों के सामने वह दृश्य उभर आया जब उसने बेहोश होने से पहले एक लड़के को अपनी ओर आते हुए देखा था । इससे पहले कि ताऊजी से उस लड़के के बारे में ओर कुछ पूछती, ताऊजी बहुत ही भावुक हो चुके थे, “पता है ! तुम्हें इस हालत में देखकर मैं कितना घबरा गया था अगर तुम्हें कुछ हो जाता तो मैं अपने आप को कभी भी माफ नहीं कर पाता !” ताऊजी कि आँखों से आँसू टपक रहे थे ।

“ताऊजी ...... ऐसा मत बोलिए ! देखिए, मुझे कुछ भी तो नहीं हुआ न ! मैं बिल्कुल ठीक हूँ। अगर आप इस तरह से रोने लगेंगे तो मैं भी कमजोर पड़ जाऊँगी और मैं भी रोने लगूँगी ।" रुची की आवाज भी नम पड़ने लगी थी।

रुचि का सर सहलाते हुए उन्होंने अपनी सहमती प्रकट की पर कुछ बोले नहीं।

“आपको डॉक्टर ने मिलने के लिए बुलाया है।" एक लड़के ने रुची के बेड के पास आकर ताऊजी की ओर रुख कर सूचना दी। लड़के को देखते ही रुचि की आँखों के सामने एक धुंधला सा चेहरा उभर आया जो भीड़ को चिरता हुआ उसकी ओर बढ़ रहा था।

ताऊजी उस लड़के को रुचि के पास रुकने के लिए कहकर डॉक्टर के पास चले गए थे।

“अगर मैं सही हूँ तो आप ही मुझे हॉस्पीटल लेकर आए थे?" रुचि ने उस लड़के से पूछा ।

"जी हाँ ! आप बिल्कुल सही है!” एक हल्की सी मुस्कान के साथ लड़के ने जवाब दिया ।

"लेकिन उतनी भीड़ में से आप मुझे बाहर कैसे निकाल पाए?" रुचि ने हुजूम के उस रूप का अनुमान लगाते हुए पूछा ।

"तुम्हें नहीं लगता कि तुम्हें सवाल पूछ्ने की नहीं, आराम की जरूरत है।" उसने अपने ही ढंग से जवाब दिया ।

उस लड़के का जवाब सुनते ही रुचि को थोड़ी हैरत हुई । रुची थोड़ी देर तक चुप रहकर उसकी ओर देखती रही । इस जवाब पर उसे लगा कि यह लड़का काफी खड़ूस है पर दूसरे ही पल बोली, "जो भी हो ! पर थैंक्स ! मेरी मदद करने के लिए ।"

"वैसे तुम्हें इसके लिए कोई थैंक्स-वैंक्स कहने की जरूरत नहीं है । वह तो मेरा फर्ज था ।" बीना किसी ओर ध्यान दिए लड़के ने जवाब दिया

इस बार रुचि को इस लड़के का एक नया ही रूप देखने को मिला, जैसे, उसे किसी चीज की परवाह ही ना हो । उसके चेहरे पर एक शरारत खेलती नज़र आई पर वह यह नहीं समझ पाई कि किस प्रकार की शरारत उसके चेहरे पर खेल रही है ।

"चलो, अच्छी बात है, बेटा ! डॉक्टर ने तुम्हें डिसचार्ज दे दिया है, अब हम घर जा सकते हैं।" इससे पहले कि रुचि उस लड़के से कुछ बात चित कर पाती ताऊजी ने आकर खबर दि ।

5

"ए ! हाई !" जब एक जाना पहेचाना चहेरा रुचि के सामने आया तो उसे पहेचनाने में देर नहीं लगी । रुचि उसे ना पहेचान पाए यह मुमकिन नहीं था । उसका चहेरा रुचि के दिमाग ने पूरी तरह स्कैन करके रजिष्टर कर लिया था। वह वही था जिसने कुछ दिनों पहले उसकी जान बचाई थी । रुचि ने उसको ढूँढने की बहुत कोशिश कि थी पर वह किसी भी तरह से सफल नहीं हो पाई थी। आज अचानक वह उसके सामने आ गया था । रुचि एक सेमिनार अटैन करने के लिए सेमिनार हॉल कि तरफ जा रही थी कि सेमिनार हॉल के बाहर ही वह लड़का खड़ा दिख गया ।

रुचि को देखते ही वह भी उसे पहेचान गया पर वह थोड़ा झिझक रहा था, फिर अपने आप को संभालते हुए बोला, "हाई ! क्या तुम ठीक हो ?"

"हाँ ! अब बिल्कुल ठीक हूँ । सिर्फ, आपकी वजह से !" रुचि ने मुस्कुराते हुए कहा ।

"अच्छा ! मक्खन लगाना अच्छे से जानती हैं !" उस लड़के ने बिना किसी हाव भाव के कहा ।

"मक्खन नहीं लगा रही, सच तो बोल रही हूँ ।" रुचि नाराज होते हुए बोली ।

"एसा है क्या ? तो फिर ठीक ही है !" फिर से रुचि की ओर ध्यान दिए बिना ही उसने जवाब दिया ।

"अच्छा ठीक है ! वैसे आप मेरा नाम तो जानते ही हैं ! अपना नाम भी बता ही दीजिए ?" रुचि ने उस लड़के का नाम जानने की कोशिश की ।

"तुम, मुझे आप - आप कह कर क्यों बुला रही हों ?" उस लड़के ने जवाब देने के बाजाए उल्टा उसे ही सवाल में उलज दिया ।

"नाम नहीं जानती तो 'आप' कह कर ही बुलाऊँगी ना !" रुचि ने भी इस सवाल को अपनी तरफ कर दिया ।

"हमम ......! दिमाग वाली लगती हो !"

"तो आपको सब बिना दिमाग वाले ही दिखते हैं ?"

"नहीं , ऐसा तो नहीं हैं !"

"वैसे ! आप बात बदलना बहुत ही अच्छे से जानतें हो !"

"वह कैसे ?"

"मैं, आपसे आपका नाम पूछ रही हुँ और आप है कि मुझे दूसरी बातों में उलझा रहें हो !"

"वहीं तो खासियत है मेरी !" वह लड़का हंसने लगा ।

"अच्छी बात है ! अगर आप, अपना नाम नहीं बताना चाहते तो कोई बात नहीं ! मैं आपको 'आप' नाम से ही बुलाया करूंगी ।"

"जैसी तुम्हारी मर्जी !"

"ओके ! आपने अपना नाम नहीं बताया वह तो ठीक है पर यह तो बता दीजिए कि आपने मुझे बचाया कैसे ? इतनी भीड़ में से मुझे बाहर निकालना मुश्किल था। मुझे तो लग रहा था पता नहीं अब कौन सी दुर्गति होने वाली है !" रुचि भावुक हो गई थी ।

"सही कहा तुमने ! थोड़ा मुश्किल तो था पर नामुमकिन नहीं ।" लड़के के चेहरे पर मुस्कान झलकने लगी ।

"वह कैसे ?" रुचि को ताज्जुब हुआ ।

"बस ! मैंने जोर-जोर से चिल्लाना शुरू कर दिया......साँप ......साँप .... और फिर क्या था, सब लोग डर के मारे दूर भागने लगे फिर मैं , तुम्हे उठाकर बाहर ले आया ।" लड़के ने अपनी नजरें इधर उधर दौड़ाते हुए बिल्कुल बेफिक्रे अंदाज में जवाब दिया ।

"क्या !" रुचि को यकीन नहीं हो रहा था ।

"जी हाँ, मैडम ! ऐसे ही बचाया था, आपको !" रुचि को अवाक देखकर लड़का बोला ।

"महान हो आप ! और कुछ नहीं सूझा जो साँप- साँप चिल्लाने लगें ?" रुचि उसकी खिल्ली उड़ाते हुए बोली ।

"और क्या सूझता ? कैसे बचाता तुम्हें ?" वह लड़का अभी भी अपने मजाकिए अंदाज में बोले जा रहा था ।

रुचि थोड़ा संभलते हुए बोली, "लगता है कि आपके पास भी अच्छा-खासा दिमाग है !"

"चलो ! इतनी तो समझ आई तुम्हें !"

"मजाक अच्छा कर लेते हो ।"

उस लड़के को जैसे अचानक से कुछ याद आया हो, "यह सब तो ठीक है पर तुम यहाँ क्या कर रही हो ?"

"तुम भी अजीब इंसान हो ! यहाँ पर सेमिनार है, मिस्टर भट्ट का, वही अटैन करने आई हुँ ।"

"ओ ...ह ! अच्छा यह बात है ?"

"लेकिन आप यहाँ क्या कर रहें हैं ? मुझे तो लगा सेमिनार अटैन करने आए हैं पर आपको तो इसका भी कुछ पता नहीं है !" रुचि मजाक उड़ाने के अंदाज से बोली ।

"मैं...... मैं...... भी तो सेमिनार अटैन करने के लिए ही तो आया हूँ ।" उस लड़के ने झिझकते हुए जवाब दिया ।

"अच्छा !......" इससे पहले कि रुचि और कुछ बोल पाती सामने से उसकी फ्रेंड्स आती दिखाई दी, "अच्छा ! ,मेरी फ्रेंड्स आ गई हैं, मैं तो चलती हूँ । आप भी चलिए, आपको भी तो सेमिनार ही अटैन करना है न !"

"तुम जाओ, मेरे भी फ्रेंड्स आ रहें है ।" उस लड़के ने अपना मुहँ दूसरी तरफ घुमाते हुए कहा ।

"ओके, बाय !" रुचि अपनी फ्रेंड्स कि ओर बढ़ गई ।

ऊस लड़के ने जैसे चैन कि साँस ली हो वैसे बाय बोला ।

6

"ए! हाई ! कब आई ? और यहाँ क्या कर रही है ?" रुचि को सेमिनार हॉल के सामने अकेला देखकर निकिता ने पूछा ।

"अरे ! तुम्ही लोगों का तो इंतजार कर रही थी ।" रुचि ने मुँह बनाते हुए कहा ।

"अच्छा ! तो फिर चलो ।" सेमिनार हॉल की तरफ इशारा करके निकिता बोली।

"हाँ.... हाँ . .. चलो !" दोनों ही अंदर की ओर जाने लगी।

"वैसे , एक बात बता , रुचि !" थोड़ी देर बाद निकिता ने रुचि से पूछा ।

"क्या ?" रुचि बिना उसकी ओर देखे ही बोली।

"इस बार तेरे ताऊ जी मान गए ?"

"किस बात के लिए ?" रुचि निकिता को देखने लगी ।

"सेमिनार में भेजने के लिए ?"

"भला कालेज के फंगक्शन में आने के लिए मैं ताऊ जी की इजाजत क्यों लूँ ? और कॉलेज में ही प्रोग्राम है तो वे मना थोड़े ही करेंगे !" रुचि ने अपनी भौहैं सिकोड़ते हुए कहा ।

"अच्छा ! तो तेरे ताऊजी को तो पता ही नहीं है ?" निकिता ने चौंकते हुए पूछा ।

"नहीं ! क्यों ? इतनी परेशान क्यों हो गई ?" निकिता का चेहरा देखकर रुचि ने पूछा ।

"अरे ! नहीं ! नहीं ! बस एसे ही . . . . . तु कभी ताऊजी को बिना बताए कहीं जाती नहीं ना इसीलिए !" निकिता ने संभलते हुए जवाब दिया ।

"ओ हा ! पर कॉलेज में ही था न इसीलिए मैंने बताया नहीं और वैसे भी अभी उनकी तबीयत कुछ खराब थी तो मैंने उनको परेशान नहीं किया ।" रुचि ने आगे की ओर देखते हुए कहा ।

"हँ .. . . . अच्छा किया ।" निकिता के चहेरे से एसा जान पड रहा था जैसे वह बोल कुछ ओर ही रही है पर उसके दिमाग के पुर्जे किसी ओर ही दिशा की ओर घूम रहे हैं ।

निकिता का बदला हुआ रुख वह समझ नहीं पाई या कहो कि उसने निकिता की ओर ध्यान नहीं दिया क्योंकि उसकी आँखें किसी ओर को ही ढूँढने में व्यस्त थी। रुचि का ध्यान निकिता की ओर नहीं था पर निकिता का पूरा ध्यान रुचि की ओर ही था । "क्या हुआ रुचि ? किसे ढूंढ रही हो ?"

"अरे ! कुछ नहीं ! एक फ्रेंड को ढूंढ रही हु ।" रुचि ने निराश होते हुए कहा ।

रुचि की आँखें किसी ओर को नहीं बल्कि उसी लड़के को ढूंढ रही थी । रुचि ने अपनी नजर को हर कोने में दौड़ाई, वहाँ पर बैठे हर इंसान को पहचानने की कोशिश की मगर उसे निराशा ही मिली, उसे वह न मिला जिसे वह ढूंढ रही थी।

निकिता खींचकर उसे आगे की ओर ले गई और दोनों ही पास- पास में बैठ गई। रुचि ने अपना पूरा ध्यान सेमिनार की ओर देने के बारे में सोच कर पूछा , "वैसे साढ़े दस तक तो प्रोग्राम सुरू हो जाना चाहिए था, अभी तक हुआ क्यों नहीं?"

"तुम्हें पता भी है कि प्रोग्राम में कौन आने वाला हैं ?" व्यंग पूर्ण हंसी हँसकर निकिता ने उलटा सवाल किया ।

"हाँ .... हाँ . . . पता क्यों नहीं . . . मिस्टर आशीष भट्ट आने वाले हैं !"

"और तुम्हें पता है कि वे कौन हैं ?" फिर से उसी हंसी के साथ निकिता ने पूछा ।

"अच्छे से जानती हूँ । बहोत ही सुना है उनके बारे में . . . . . एजुकेशन मिनिस्टर हैं . . . ."

इससे पहले कि रुचि अपनी बात पूरी कर पाती, निकिता बीच में ही बोल पड़ी, "यहीं तो . . . . . मिनिस्टर हैं वह . . . . नेता . . . . और आम जनता का वक्त बर्बाद न करे वह नेता कैसा !"

"सही कहती है तू . . . . यह नेता लोग कभी अपने बताए समय पर आते ही नहीं . . . . पर वह भी इतने बड़े नेता हैं, उनको भी तो बहुत सारा काम रहता होगा न !" रुचि नेताओं की ओर हमदर्दी जताने लगी ।

"तुजे नेताओं पर इतनी हमदर्दी क्यों है?" निकिता को अब रुचि पर गुस्सा आने लगा था । निकिता इस बात को सहन नहीं कर पा रही थी कि इतना सब कुछ हो जाने के बाद भी रुचि नेताओं की पैरवी करने के लिए हमेशा तैयार रहती थी । इससे पहले कि निकिता का गुस्सा और बढ़े और उन दोनों के बीच गरमा - गरम बहस छिड़ जाए, एक प्रोफेसर स्टेज पर आकर कुछ एनाउंसमेंट करने लगें और निकिता और रुचि की बहस का वही पर अंत हो गया ।

यह बात नहीं थी कि रुचि को सिर्फ नेताओं से ही हमदर्दी थी पर उसे तो हर जीव - जन्तु से हमदर्दी हो जाती थी जो उसकी नजरों से एक बार गुजर जाता था । मानवता उसमें कूट - कूट कर भरी हुई थी; यह कहना कोई अतिशयोक्ति नहीं बल्कि हकीकत कही जा सकती है । उसका नजरिया हमेशा सबसे अलग ही रहता था। उसका एक स्वभाव सा बन गया था; किसी भी घटना या बुराई के पीछे अच्छाई की तलाश करना और कहा जा सकता है कि यह गुण उसके खून में ही रचा - बसा था , सिर्फ खून में ही नहीं बल्कि साँसों में भी, क्योंकि जिसने जन्म दिया वे भी इस स्वभाव के आदी थे और जिसने पाल -पोस कर बढ़ा किया यह तो इस स्वभाव के पुजारी थे ।

एजुकेशन मिनिस्टर अभी तक पधारे नहीं थें । स्टेज पर आकर एक प्रोफेसर ने अपना परिचय दिया, उसके बाद उन्होंने बताया कि आशिस भट्ट को आने में बस कुछ और वक्त शेष है और तब तक के लिए विद्यार्थी सांस्कृतिक कार्यक्रम का लुफ़्त उठाए । उसके बाद स्टेज पर बारी - बारी से नाच - गान का कार्यक्रम सुरु हो गया । वहाँ पर उपस्थित

विद्यार्थी कभी - कभार सामने चल रहे नाच को निहारते या फिर अपना सिर नीचे किए अपने मोबाईल में घुसे रहते, कुछ विद्यार्थी अपना फोन ऊपर किए उन कार्यक्रमों का रिकॉर्डिंग करने मे व्यस्त थें, जो शायद प्रस्तुति देने वालों के करीबी दोस्त थें । बीच - बीच में प्रोफेसर आकर उनसे जबरदस्ती तालियाँ बजवाते । थोड़ी देर तक तालियों की मरी - मरी सी आवाजें आती और कुछ ही देर में विलीन हो जाती ।

लगभग एक घंटे तक यहीं चलता रहा । एक घंटे के बाद प्रोफेसर ने स्टेज पर आकर अनाउंस किया , " प्यारे विद्यार्थी मित्रों ! जिस बेसब्री से हम माननीय शिक्षा मंत्री का इंतजार कर रहें थें , वह इंतजार अब कुछ ही पलों में समाप्त होने वाला हैं । माननीय शिक्षा मंत्रीजी हमारे कॉलेज परिसर में पधार चूकें हैं और कुछ ही देर में हमारे बीच पधारेंगे ।" जब तक वह स्टेज पर आ नहीं गए तबतक स्टेज से उनके गुणगान का ताँता बंधा रहा ।

"माननीय शिक्षा मंत्री हमारे बीच पधार चुके हैं , तालियों से उनका स्वागत किया जाए !" उनके स्टेज पर आते ही एक प्रोफेसर ने अनाउंस किया और तालियों की आवाज से हॉल गूँज उठा। उनके साथ - साथ कई ओर गणमान्य लोग भी स्टेज पर उपस्थित हुए। "हमारे लिए बहुत ही खुशी की बात है कि आज हमारे इस कार्यक्रम में हमारे राज्य के माननीय शिक्षा मंत्री आशीष भट्ट के साथ - साथ पुलिस कमिश्नर अमित रॉय भी पधारे हैं । तो प्यारे विद्यार्थिओं ! आप सभी से निवेदन है कि उनका स्वागत तालियों से किया जाए ।" इसके बाद उनका फूल - हार पहना कर स्वागत किया गया और कार्यक्रम को गति दी गई, "अब मैं माननीय पुलिस कमिश्नर श्री अमित रॉय से निवेदन करता हूँ कि वे अपने मधुर वचनों से हमें लाभान्वित करें ।"

अमित रॉय उठकर पोडीअम पर आए । तालियों की आवाज ने उनका स्वागत किया। "मैं आज बहुत ही खुश हु.......क्योंकि आज मैं . . . . . . इस भारत माता के उज्ज्वल भविष्य के सामने खड़ा हूँ । हाँ . . . . यह सच है कि आप ही इस आने वाले कल के निर्माता हैं और जब इतने शिक्षित और बुद्धि शाली युवा मेरे सामने बैठे हो तब तो मैं इस आने वाले कल का अनुमान बखूबी लगा सकता हूँ । आप ही में से कोई आने वाले कल का

नेता होगा, कोई शिक्षक होगा तो कोई साइन्टिस्ट होगा तो कोई हमारी ही तरह देश की रक्षा करने में लगा होगा। मैं हमेशा आप लोगों के लिए खड़ा रहूँगा, किसी भी विद्यार्थी को मदद कर पान मैं अपना सौभाग्य समजता हूँ इसीलिए अगर किसी भी विधीयर्थी को मेरी मदद की जरूरत पड़े तो मैं हाजिर हों जाऊंगा। अपनी कॉलेज छोड़ने के बाद पहलीबार किसी कॉलेज के फंग्क्शन में आने का जो अवसर आप लोगों ने मुझे दिया है उसे मैं कभी भी भूल नहीं सकता। मैं आपकी कॉलेज के व्यवस्थापकों का, जिन्होंने मुझे यहाँ आमंत्रित किया और आप सभी विद्यार्थियों का तहे दिल से आभारी हूँ कि आप लोगों ने मुझे इस सुअवसर पर आमंत्रित करना जरूरी समजा। धन्यवाद! जय हिन्द!”

तालियों की आवाज से हॉल गूंजने लगा। अमित रॉय के भाषण से निकिता प्रभावित नहीं हुई। उसके चहेरे पर व्यंग भरी मुस्कान थी जबकि रुचि काफी प्रभावित नजर आ रही थी और खुशी और जोश के साथ तालियाँ बजा रही थी, “कितने अच्छे है न यह सर! वरना इस पज़िशन पर पहुँचने के बाद इस तरह कोई भी लोगों से इस तरह संबंध नहीं रखता!”

रुचि की यह बात सुनकर निकिता ताज्जुब से उसकी ओर देखने लगी। वह कुछ कहना चाहती थी पर पता नहीं क्या सोच कर चुप हो गई।

तभी रुचि ने उसी लड़के को स्टेज के पीछे से बाहर की ओर निकलते देखा। उसे समझ में नहीं आया कि वह वहाँ क्या कर रहा है और उस तरफ क्यों जा रहा हैं। उतने में ही स्टेज पर प्रोफेसर ने आकर अनाउन्स्मेन्ट किया, “मेरे प्यारे मित्रों! अब वह घड़ी आ गई है जिसका हमें बेसब्री से इंतजार था। तो हाँ! अब हमारे प्यारे विद्यार्थी मित्रों का उत्साह वर्धन करने आ रहे है, हमारे माननीय शिक्षा मंत्री जी।”

शिक्षा मंत्री जी उठकर स्टेज की ओर आ गए। सब को अपने हाथ ऊपर की ओर जोड़कर नमस्कार किया और माइक सीधा करके भाषण देना सुरू कर दिया, “मेरे प्यारे विद्यार्थी मित्रों! मैं आज अपना समय निकाल कर यहाँ आया हु ताकि मैं अपने देशवासी विद्यार्थी भाई - बहनों को काबिल बनाने में सहाय रूप हो सकु, उनके चरित्र निर्माण का एक हिस्सा बन सकु। वैसे तो इसका जिम्मा हमारे गुरुजनों का होता है पर

. . . . इस नेक काम में अपना थोड़ा बहुत योगदान देकर, अगर मैं इस देश का कुछ भला कर पाउ तो यह मेरा सबसे बड़ा भाग्य होगा । मैं चाहता हूँ कि हमारे देश के पास एसी जनता हो जो अपने देश और अपनी सरकार की सेवा सच्चे मन और सच्चे दिल से करें । अपनी सरकार का सहकार दें . . . .”

“ताकि, तुम्हारे जैसे नेता हमारे देश को चूसते रहे !” निकिता शिक्षा मंत्री का भाषण सुनकर व्यंग्यात्मक लहजे से बोल पड़ी । पास में बैठी रुचि ने उसके शब्द सुन लिए ।

“क्या कहा तुमने ?” रुचि ने निकिता की ओर देखते हुए कहा ।

“ह . . ! कुछ भी तो नहीं !” रुचि ने हँसते हुए जवाब दिया ।

शिक्षा मंत्री जी का भाषण अभी भी जारी था, “अगर, आप जैसे नौजवान हमारी सरकार के साथ होंगे तो हमारे देश को महा सत्ता हासिल करने से कोई भी नहीं रोक पाएगा ।”

निकिता बड़बड़ाई, “और अगर आपकी सरकार महा सत्ता बन गई तो फिर हमारा क्या होगा !”

रुचि ने निकिता कि ओर देखते हुए पूछा, “ क्या कहा तुमने अभी, ठीक से सुनाई नहीं दिया !”

“नहीं तो .. .. कुछ भी नहीं ... ... !” निकिता ने हँसते हुए जवाब दिया ।

“पता नहीं कब से तुम कुछ न कुछ बड़बड़ाए जा रही हो लेकिन जब मैं कुछ पूछती हु तो तुम कुछ भी जवाब नहीं देती ! बात क्या है ? तुम्हें इन नेताओं से कोई प्रॉब्लेम है क्या ?” रुचि ने साफ-साफ पूछ ही लिया ।

“नहीं तो , मुझे किसी भी नेता से कोई प्रॉब्लेम नहीं है , हो सकता है कि इन नेताओं को हमारे सुकून से प्रॉब्लेम हो !” निकिता ने व्यंग्यात्मक जवाब दिया ।

“तेरी बातें समज पाना मुश्किल है!” रुचि ने मुह बनाते हुए कहा।

निकिता हँसने लगी।

इन दोनों की बातें चल ही रही थी और मंत्री जी ने अपने भाषण का समापन कीया। तालीयों की गड़गड़ाहट नें दोनों की बात का भी वहीं पर समापन कर दिया। यह कहानी उनकी हर बार कि हुआ करती थी। निकिता नेताओ के खिलाफ अपना पक्ष रखती और रुचि हमेशा उनका

समर्थन करती । इन्ही कारणों कि वजह से दोनों में कई बार अनबन भी हुई पर ताऊ जी के समजाने पर सुलह भी हो जाया करती थी ।

कार्यक्रम की समाप्ति के साथ ही सबने हॉल से बाहर जाने कि तरफ रुख किया उसी दौरान रुचि कि नजर फिर से उस लड़के पर जाकर रुक गई, वह स्टेज के पीछे कि और से जा रहे नेताओ की और बढ़ रहा था। रुचि भी उसी तरफ जाने लगी । रुचि काफी देर तक उसे वही ढूँढने कि कोशिश में लगी रही पर वह हमेशा की तरह ही गायब हो गया ।

7

ऐसा कुछ तो था, जो रुचि को उस लड़के में अलग दिखता था। उस लड़के ने रुचि की जान तो बचाई थी पर ना ही कभी अपना नाम उसे बताया और ना ही कभी अपने बारे में कुछ और उसे बताया था। रुचि को यह लड़का कभी- कभार नजर आ जाता था, खास कर के राजनीतिक समारोह में लेकिन वह कभी भी ढंग से उससे बात नहीं करता था। रुचि की कई कोशीशों के बावजूद वह उसके बारे में कुछ भी नहीं जान पाई थी।

"ताऊ जी! आज मैं, कॉलेज के बाद 'अपना घर' जाऊँगी इसीलिए देर हो जाएगी। आप आओगे क्या?" रुचि ने घर से निकलते हुए ताऊजी से पूछा।

"नहीं बेटा, आज किसी से मिलना है इसीलिए नहीं आ पाऊँगा। तुम संभाल कर जाना और बच्चों को मेरी ओर से ढेर सारा प्यार देना।" ताऊजी ने न्यूज पेपर से अपनी नजरे उठाते हुए कहा।

"जी ताऊजी! आप भी अपने आप को संभालिएगा और खाना वक्त पर खा लीजिएगा।" रुचि ने घर से बाहर निकलते हुए कहा।

"हाँ, बेटा!" ताऊजी ने अपनी नजरें फिर से न्यूज पेपर में गड़ाते हुए कहा।

'अपना घर' इस शहर का एक सुंदर अनाथालय है। ताऊ जी और रुचि का इस अनाथालय से खास लगाव है। दोनों ही इस अनाथालय में जाया करते हैं। यह जगह दोनों के लिए ही खास हैं, दोनों का ही इस जगह से खास संबंध है। जब भी इनका मन करता है तो वहा जाकर बच्चों के साथ वक्त बिताते है और कोई भी छोटा-मोटा त्योहार इन बच्चों के साथ

ही मनाते हैं।

हर बार की तरह आज भी रुचि अनाथालय पहुँचती है, आँगन में सन्नाटा छाया हुआ था, "यह क्या ! इतनी शांति तो यहा कभी भी नहीं होती! आज अचानक से क्या हो गया है।" रुचि ने शांत पड़े हुए मैदान की तरफ देखते हुए खुद से ही कहा ।

रुचि को पहले थोड़ी सी घबहराहट महसूस होने लगती है। इतना सन्नाटा यहा कभी भी नहीं हुआ करता। यह आँगन हमेशा बच्चों की आवाज से गूँजता ही रहता है और कोई बच्चा यहाँ पर उधम न मचा रहा हो यह तो अशक्य बात थी लेकिन आज तो बिल्कुल ही शांति छाई हुई थी, यहाँ तक कि कौओ के उड़ने की आवाज भी साफ-साफ सुनाई दे रही थी ।

"यहाँ पर कोई हैं क्या ?" रुचि ने एक बार आवाज लगाई लेकिन उसे कोई भी जवाब नहीं मिला।

रुचि आँगन को पार करते हुए इस अनाथालय के आवासीय कमरों कि ओर बढ़ गई । उसे वहाँ पर भी कोई नजर नहीं आया, यहाँ पर भी सन्नाटा ही छाया हुआ था। यह देखकर रुचि का माँ बहुत सारी आशंकाओं से भर गया, उसे बहुत सारे बुरे खयालों ने घेर लिया । आवासीय कमरों के पीछे कि तरफ एक दो छोटे – छोटे कमरे थे, जो क्लासरूम कि तरह सजे हुए थे और बच्चे वहाँ पर कभी-कभी पढ़ाई करने बैठा करतें थें । रुचि ने एक नजर उन कमरों पर डालने कि सोची और उस ओर कदम बढ़ा लिए । जैसे ही रुचि उन कमरों कि ओर बढ़ी उसे कई धीमी-धीमी आवजे सुनाई देने लगी, "ये बच्चे पढ़ाई के वक्त भी इतने शांत तो कभी भी नहीं होते फिर आज अचानक से क्या हो गया हैं!" रुचि ने देखा कि इन कमरों की तरफ से भी कोई आवाज नहीं आ रही तो वह फिर से बड़बड़ाई ।

रुचि एक कमरे की खिड़की से अंदर झाँकती है तो देखती है कि एक लड़का उन बच्चों को गणित के सवाल सिखा रहा है और सारे बच्चे शांति से सारे सवालों के हल निकालने में लगे हुए थें । उस लड़के का मुह बोर्ड कि तरफ था और उसकी पीठ खिड़की कि तरफ । रुचि उसका चहेरा नहीं देख पा रही थी ।

रुचि बहुत ही हैरान थी । "कौन हो सकता है जो इन बच्चों को इतनी तल्लीनता से पढ़ा रहा है ....? और चौकने वाली बात तो यह है कि यह बच्चे इतनी शांति से पढ़ भी रहे हैं ! जरूर कोई मसीहा है यह लड़का !....." रुचि फुसफुसाते हुए बोली ।

रुचि खिड़की से दूर हटकर दरवाजे कि तरफ मूड गई । रुचि दरवाजे पर जाकर रुक गई, बीच पढ़ाई में दखल देना उसे सही नहीं लगा । वह लड़का जैसे ही बोर्ड पर लिखना बंद करके सामने देखता है तो रुचि अवाक रह जाती है और उसके मुहँ से अनायास ही निकल जाता है, "आप यहाँ ?" यह वही लड़का है जिसने रुचि कि जान बचाई थी । रुचि ने कभी सपने में भी नहीं सोचा था कि जो लड़का उससे इस तरह छिपता- भागता फिर रहा है, उससे आज इस तरह मुलाकात हो जाएगी ।

"जी हाँ, मैं ! पर आप यहाँ कैसे ?" उस लड़के ने रुचि की ओर ध्यान देते हुए पूछा।

"मैं ...?......मैं तो यहाँ अक्सर आया करती हु लेकिन आपको पहली बार यहाँ पर देख रही हु !" रुचि ने हिचकिचाते हुए जवाब दिया ।

"जी ! मैं भी अक्सर यहाँ आया करता हु । शायद पहले हम एकदूसरे को जानते नहीं थे।" लड़के ने अपना ध्यान दूसरी तरफ करते हुए कहा ।

"हाँ ! यह भी है ।" रुचि अनायास ही मुस्कुराने लगी। "तो आप यहाँ बच्चों को पढ़ाने के लिए आते हो ?" रुचि ने उस लड़के से सवाल किया ।

अभी तक दोनों ही क्लास से बाहर निकलकर पेड़ों कि छाव कि तरफ आ चुके थे। "जी हाँ!" छाव में चलते हुए उसने जवाब दिया।

"आपको पढ़ाना पसंद है?" रुचि ने एक ओर सवाल कर दिया ।

"जी हाँ !" उस लड़के ने संक्षिप्त जवाब दिया ।

उस लड़के ने आगे कुछ भी बोला नहीं इसलिए रुचि असमंजस में पड़ गई कि आगे क्या बात करे। वह उसके सवालों के संक्षिप्त में ही जवाब देकर चुप हो जाता था, कभी भी उसने बात को आगे बढ़ाने कि कोशिश ही नहीं की। दोनों ही पेड़ों कि छाव में चले जा रहे थे और एक अजीब चुप्पी बनी हुई थी। रुचि अभी भी इसी उधेड़-बुन में लगी हुई थी कि केसे करके इस चुप्पी को तोड़े कि तभी उस लड़के ने पूछ लिया, "आप भी यहाँ पढ़ाने आती हैं?"

"ह....हाँ,... कभी कभी, लेकिन यह बच्चें कभी शांति से पढ़ने बैठते ही नहीं !" रुचि ने अटकते हुए जवाब दिया।

" हा.. .. हा .. हा .." वह लड़का जोर जोर से हँसने लगा।

रुचि को कुछ समज नहीं आ रहा था कि इसने अचानक से हँसना क्यू सुरू कर दिया ।

"ये बच्चे ! और शांत नहीं बैठते एसा ! मैंने तो कभी भी इन्हे उधम मचाते हुए नहीं देखा । यह हमेशा मुझे देखते ही शांत हो जाते हैं।" उस लड़के ने अपनी हँसी रोकते हुए कहा ।

"आप से डरते होंगे शायद !" रुचि ने कहा ।

"डर और मुझसे ! कभी भी नहीं ! मुझसे तो गली के कुत्ते भी नहीं डरते ये बच्चे क्या ही डरेंगे !" उस लड़के ने अपना ही मज़ाक बनाते हुए कहा ।

"क्या ? कुत्ते !.. .. बड़े ही फनी हो !" रुचि भी हँसने लगी ।

"जी हाँ वह तो मैं हु ही !" उस लड़के ने हँसते हुए कहा।

रुचि भी हँसने लगी ।

"क्या आप भी यहाँ पर पढ़ाने के लिए आया करती हैं ?" उस लड़के ने कुछ गंभीर होते हुए पूछा।

"जी हाँ ! आती तो हु ! पर यह बच्चे पढ़ाने कहा देते है?" रुचि मुस्कुराने लगी ।

"पढ़ना बचपन में किसको अच्छा लगता है ?" उस लड़के ने किसी गहेरी सोच में डूबते हुए कहा ।

"सच में ? तो फिर यह लोग आपके पास केसे अच्छे से पढ़ लेते हैं ?" वह लड़का हँसने लगा, "इसे ही तो कहते पढ़ाना।"

"क्या ! आपकी बातें समजना बहुत मुश्किल है !" रुचि को बहुत ही ताज्जुब हुआ ।

"जी हाँ ! वो तो है ही।" उस लड़के के चहरे पर हल्की सी मुस्कुराहट आ गई ।

"तो फिर इतनी पेचीदा बातें करते ही क्यों हो !" रुचि ने व्यंग करते हुए कहा ।

वह लड़का हँसने लगा । फिर दोनों ही चुप हो गए । यह चुप्पी दोनों के बीच काफी देर तक बरकरार रही। इस बार रुचि ने इस चुप्पी को तोड़ने

की पहल की, "वैसे हम एकदूसरे को काफी दिनों से जानते हैं मगर आपने मुझे अभी तक अपना नाम नहीं बताया!"

"जी हाँ !" बस इतना कहकर ही वह चुप हो गया ।

रुचि फिर से असमंजस में पड़ गई । थोड़ी देर तक उसने इंतजार किया कि सायद वह बतादे पर उस लड़के ने भी मौन साध लिया। रुचि को समज नहीं आ रहा था कि यह लड़का अपना नाम क्यों नहीं बता रहा! उसके मन में बहुत सारे खयाल उमड़ रहे थे, 'क्या इसके नाम में कुछ राज छिपा होगा ? नहीं .. .. एसा तो नहीं लग रहा, तो क्या उसे अपना नाम पसंद नहीं होगा? पर एसा है तो दूसरे लोग उसे किस नाम से बुलाते होंगे? .. ... किसी न किसी नाम से तो बुलाते ही होंगे ना! या फिर सिर्फ मुझे अपना नाम नहीं बताना चाहता । सच क्या है यह तो वही बता सकता है। चल रुचि हिम्मत कर और उस से पूछ ही ले !'

रुचि ने खयालों से बाहर आते हुए कहा, "अब आप मुझे अपना नाम नहीं बता रहे तो मुझे समझ नहीं आ रहा कि मैं आपको किस नाम से बुलाऊ?"

वह लड़का फिर से हँसने लगा लेकिन अपना नम बताने के लिए उसने मुँह नहीं खोला ।

"लगता है आपके नाम में कुछ तो राज़ की बात है, तभी आप अपना नाम नहीं बता रहे हैं!" रुचि ने उस लड़के कि और देखते हुए पूछा ।

"नहीं .. .. नहीं .. एसी बात नहीं है ।" उस लड़के ने जबरन अपने चहेरे पर मुस्कुराहट लाते हुए कहा ।

"तो फिर आप अपना नाम क्यों नहीं बता रहे ?" रुचि ने हँसते हुए कहा ।

"मेरा नाम जानने में आपको इतनी दिलचस्पी क्यों हैं?" उस लड़के ने मुस्कुराते हुए कहा ।

"अरे ! मुझे आपका नाम जानने में कोई भी दिलचस्पी नहीं है पर अगर में किसी इंसान को इतने दिनों से जानती हु, इतनी देर से जिससे मैं बातें कर रही हु, उस इंसान का नाम तो पता ही होना चाहिए ना !" रुचि ने अपना पक्ष रखने की कोशिश की ।

"जी हाँ ! आप बिलकुल सही कह रही है। " उस लड़के ने रुचि की बात पर सहमति जताते हुए कहा ।

"चलो ! आपको, मेरी बात समझ तो आई!" रुचि हँसने लगी ।

"लोग मुझे मीका कहकर पुकारते है !" उसने थोड़ा स हिचकिचाते हुए अपना नाम बताया ।

"आपको बिल्कुल सही नाम दिया गया है !" रुचि ने उसका नाम सुनकर अपनी प्रतिक्रिया दी ।

"क्या मतलब है आपका?" मीका ने रुचि कि ओर देखते हुए पूछा।

"मेरा मतलब है कि, आपके नाम के मतलब का तालमेल आपके काम के साथ अच्छा है।" रुचि ने समजाते हुए कहा।

"ओह ! एसी बात है ! फिर तो अच्छा है !" मिका ने हँसते हुए कहा ।

"आप क्या समझे थे ?" रुचि ने शंकित होते हुए कहा ।

"कुछ भी तो नहीं !" मिका ने जवाब दिया ।

"सच में ?" रुचि को उसकी बात पर विश्वास नहीं हुआ ।

"जी हाँ ! बिल्कुल ! पर मुझे आप यह तो बताइए कि मेरे नाम का मतलब क्या है ?" मिका ने रुचि को पूछा ।

"तो आपको अपने नाम का मतलब भी नहीं पता ?" रुचि ने चौंकते हुए पूछा ।

"जी नहीं ! जरूरी नहीं कि सबको अपने नाम का मतलब पता ही हो !" मिका ने बिल्कुल शांति से जवाब दिया ।

"सही कहा आपने !" रुचि ने उसकी बात पर अपनी सहमती जताई।

"तो अब बता भी दीजिए !" मिका ने अपनी उत्सुकता जाहीर करते हुए कहा ।

"ठीक है अगर आपको नहीं पता तो गैं ही बत। देती हूँ। आपके नाम का मतलब है 'बुद्धिमान'।" रुचि ने हँसते हुए जवाब दिया ।

"सच में ?" मिका ने चौंकते हुए सवाल किया ।

रुचि कुछ बोली नहीं सिर्फ हामी में अपना सिर हिला दिया।

"मुझे तो यकीन ही नहीं हो रहा कि मुझे कोई बुद्धिमान भी समजता है !" मिका ने अपने चहेरे को सहलाते हुए कहा ।

"तो फिर यकीन कर लीजिए !" रुचि ने अपनी बात पर जोर देते हुए कहा ।

"हाँ! यकीन तो करना ही पड़ेगा न ! आपकी बात पर यकीन ना करू एसा केसे हो सकता है !" मिका ने थोड़ा मजाकिया अंदाज में कहा ।

"अच्छा !" रुचि बस इतना कहकर आगे कि ओर बढ़ गई।

"क्या बात है ? आप पढ़ाने के लिए आए थे और जाने का मन बना लिया ?" रुचि को मेईन गेट कि ओर बढ़ते हुए देखकर मिका ने पूछा ।

"हाँ आयी तो मैं पढ़ाने के लिए ही थी पर आपसे बातें करतें करतें इतना वक्त निकल गया कि पता ही नहीं चला ! ताऊजी इंतजार कर रहे होंगे। वक्त पर नहीं पहुँची तो फिक्र करने लग जाएंगे और इस उम्र में उनको ज्यादा परेशानी देना ठीक नहीं होगा।" रुचि ने पीछे मुड़कर अपनी बात कही ।

"हाँ ! उनकी फिक्र भी लाजमी है और आपकी भी।" मिका ने मुश्कुराते अपनी सहमति जताई।

रुचि मुस्कुराते हुए मिका कि ओर देखने लगी ।

"अच्छा यह बताइए कि दोबारा मुलाकात कब होगी?" मिका ने रुचि को जाते हुए देखकर पूछा ।

मिका के इस सवाल पर रुचि को थोड़ा ताज्जुब हुआ। एक पल के लिए वह ठहर सी गई फिर सोचते हुए कह।, "जब भी आप कहे !"

"ओह ! एसी बात है ! तो फिर कल मैं इसी वक्त यहाँ पर आने वाला हु अगर आप फ्री हो तो आ सकती है।" मिका ने गंभीर होकर अपना प्रस्ताव रखा ।

"ठीक है ! बाय !" इतना कहकर रुचि बाहर कि तरफ चली गई ।

"बाय !"

रुचि के दिमाग में पूरे रास्ते एक ही बात चलती रही । बार – बार उसका ध्यान मिका कि ओर जा रहा था । बहुत बार उन लोगों कि मुलाकात हुई थी पर एसा पहेली बार था कि मिका ने रुचि के बारे में उससे कुछ पूछा था और वह भी सीधा उसने मिलने की बात कर रहा था । जबकि, हर बार मिका उससे भागता ही राहत था या उससे बातें करते करते काही खो जय करता था । पहेली बार एसा हुआ था कि मिका ने

उससे अच्छे से बात की थी। यही वजह थी कि रुचि उससे मिलने के लिए बेताब होने लगी थी।

8

आज पूरा दिन रुचि कि नजर घड़ी पर रही । वह बार-बार अपनी घड़ी की ओर नजर डाल रही थी; उसे इंतजार था कि कब घड़ी 5 बजाए और वह 'अपना घर' जा सके लेकिन घड़ी भी आज आराम फरमाने में व्यस्त हो एसा प्रतीत हो रहा था । रुचि को 'अपना घर' जाना हमेशा से ही पसंद था और वह हमेशा जाने के लिए उतावली ही रहती लेकिन आज तो बात ही कुछ ओर थी, वह बहुत ही ज्यादा बैचेन थी, वक्त काटे नहीं कट रहा था । काफी बार तो उसे शंका भी हुई कि कही उसकी घड़ी खराब तो नहीं हो गई और इसी शंका कि वजह से वह दो तीन बार निकिता से टाइम पूछ बैठी ।

जैसे ही 5 बजे कि रुचि ने न आव देखा न ताव, वह सीधा 'अपना घर' के लिए निकल गई ।

जब वह वहाँ पहुंची तो बच्चें आँगन में खेल रहे थे। वह समज गई कि अभी तक मिका आया नहीं है । यह सोच कर कि जबतक वह आता है तबतक वह बच्चों के साथ खेल लेगी पर आज उसका मन खेलने में भी नहीं लग रहा था । उसे देखते ही बच्चें उसके इर्द-गिर्द आ गए पर आज उसका ध्यान बिल्कुल भी बच्चों की ओर नहीं जा रहा था । उसका ध्यान बार-बार दरवाजे कि तरफ जाकर रुक जाता था । वक्त के साथ-साथ उसकी बैचेनी भी बढ़ती जा रही थी । एक –एक पल काटना उसके लिए जैसे पहाड़ था ।

इसी बैचेनी और उधेड़बुन में वक्त बीत गया। संध्या हो गई ओर फिर धीरे धीरे अंधेरा भी छाने लगा पर मिका के आने की कोई आहट भी नहीं

थी । जैसे-जैसे अंधेरा गहराता गया वैसे-वैसे रुचि का मन भी भारी होता गया, "मैं क्या करू ? कुछ समज में नहीं आ रहा ! वह अभी तक आए क्यूँ नहीं ! कही किसी मुसीबत में तो नहीं फंस गए होंगे या आना ही भूल गए होंगे ! पता नहीं वादा करकर फिर आए क्यूँ नहीं !"

अंधेरा गहराने लगा, सब बच्चें भी मेदान छोड़कर अपने-अपने निर्धारित कमरों की ओर जाने लगें । रुचि अकेली मेदान में रह गई ।

एक मदर ने जब रुचि को मेदान में अकेला खड़ा देखा तो वह उसकी ओर चली आयी। वह रुचि को पहले से ही जानती थी, "क्या बात है रुचि ? आज अकेली आयी हो, ताऊजी नहीं आए ?"

मदर की आवाज सुनकर रुचि चौंक गई, "जी नहीं ! आज अकेली ही आयी हु !"

"अच्छा ! काफी अंधेरा हो गया है, किसी का इंतजार कर रही हो क्या ?" रुचि को गभराया हुआ देख उन्होंने पूछा ।

"जी .. जी नहीं !"

"सब ठीक तो है न .. !"

"जी हाँ .. बिल्कुल .."

"अच्छा ! फिर कोई लेने आ रहा है या अकेली ही घर जा रही हो?" वह उन्हे पहले से ही जानती थी इसीलिए रुचि इस तरह देख कर उन्हे उसकी फिक्र हुई ।

'घर' शब्द सुनते ही रुचि को अहेसास हो आया कि उसे घर भी जाना है, घर पर ताऊजी उसका इंतजार कर रहे होंगे । "जी नहीं ! कोई नहीं आ रहा । बस, मैं जा ही रही हु।"

"अच्छा ! संभल कर जाना, अंधेरा काफी हो गया है।" रुचि की हड़बड़ाहट को देखते हुए मदर को समज में तो आ रहा था कि कुछ तो हुआ है पर रुचि बता नहीं रही इसीलिए उन्होंने ज्यादा पूछा नहीं पर घर जाने के लिए इशारा कर दिया ।

"जी ! शुक्रिया !"

रुचि, मदर के जाने के बाद बेमन सी दरवाजे कि ओर मुड़ी। उसके मन में बहुत सारी उथल-पुथल मची हुई थी, बहुत सारे सवालों का झुंड आ-जा रहा था । बहुत सारे खयालात उसके दिमाग में मंडरा रहे थे। वह

सोच रही थी कि, 'कही मिका किसी मुसीबत में तो नहीं होगें न ! नहीं .. नहीं .. मुसीबतों से लड़ना तो वह बखूबी जानते हैं । तो फिर एसा तो क्या हुआ होगा जो वह अभी तक आए ही नहीं ? मुझे एसा क्यों लगता हैं कि वह मुझसे दूर भागना चहतें हैं, जैसे हमेशा ही भागते रहते है शायद इसीलिए वह आज आए ही नहीं । .. .. एसा हो सकता हैं क्या ? अगर एसा होता तो वह मेरी जान बचाते ही क्यों !.. .. .. हो सकता है कि अचानक कोई काम आ गया हो इसीलिए वह नहीं आ पाए हों .. ..''

इस घटना को लगभग एक हफ्ता बीत गया, रुचि रोज कॉलेज खतम होने के बाद अनाथालय पहुच जाती और रात को अंधेरा होने तक वही पर रुकती लेकिन एक बार भी उसकी मुलाकात मिका से नहीं हुई । रुचि ने वहाँ के स्टाफ से भी पूछ-ताछ की पर सभी ने एक ही जवाब दिया की मिका उस दीन के बाद कभी भी यहाँ पर नहीं आया। रुचि अभी भी इसी आशा लगाए थी कि कभी तो मिका आएगा ओर हो सकता है कि उसकी मुलाकात भी हो जाए।

रुचि के दिल में मिले झूले भाव उफान ले रहे थे । कभी- कभी उसे लगता कि जानबूजकर उसका भरोसा तोड़ गया है तो कभी उसे लगता कि उसकी भावनाओं के साथ खिलवाड़ किया गया है । अपनी उम्मीद टूटने का दर्द उसे अंदर ही अंदर खाए जा रहा था ।

जब, रोज रुचि इस तरह देर रात गए घर लौटने लगी तो उसके ताऊजी को भी चिंता सताने लगी। रोज-रोज उसे इस तरह परेशान लौटता हुआ देख उनसे नहीं रहा गया, "क्या बात है बेटा? कोई परेशानी है क्या ?"

"हँ .. जी नहीं ताऊजी, बिल्कुल भी तो नहीं।" ताऊजी का सवाल सुनकर रुचि हड़बड़ा गई फिर संभलते हुए जवाब दिया ।

"अच्छा है फिर।" थोड़ी देर रुकने के बाद उन्होंने फिर से सवाल किया, "लेकिन तुम कुछ परेशान जरूर लग रही हो!"

रुचि ने कुछ नहीं कहा, वह चुप-चाप खड़ी रही ।

"बेटा, तुम्हारा चहेरा साफ- साफ बता रहा है कि तुम्हें कोई तो परेशानी जरूर है । अगर तुम मुझे नहीं बता सकती तो कोई बात नहीं बेटा लेकिन इस तरह अंदर ही अंदर घुटने से परेशानी और बढ़ेगी।"

उन्होंने प्यार से रुचि के सर पर हाथ सहला दिया, "बेटा, तुम बहुत ही समझदार हो, क्या करना चाहिए और क्या नहीं यह तुम अच्छे से समझती हो!"

इतना सुनना था कि रुचि फुट-फुट कर रोने लगी। ताऊजी उसे गले से लगाकर पुचकारने लगे। काफी देर तक कोई कुछ भी नहीं बोला सिर्फ रुचि की शिशकियों की आवाज आती रहीं। बीच- बीच में ताऊजी कि आँखों से भी आँसू बह जाते, वह अपने आँसू खुद ही पोंश कर शांत हो जाते। यह पहली बार था जब वह अपनी लाड़ली कि आँखों में आँसू देख रहे थे। पिछले पंद्रह सालों में पहली बार रुचि कि आँखों से आँसू बहे है, उसके जीवन में छोटी ही उम्र में न जाने कैसी कैसी परेशानियाँ आयी पर वह हमेशा शांत रही पर जब आज वह इस तरह फुट फुट कर रोने लगी तो प्रताप को एक तरह से एसा लगा जैसे वह अपनी सारी पिछली बातों का भार हलका कर रही है, जो वह कभी नहीं कर पाई थी, सारे दर्द अपने ही अंदर दबाए हुए थी । एक तरह से तो प्रताप को अच्छा लगा कि वह अपने दर्द रोकर बाहर निकाल रही है और दूसरी तरफ उन्हे दर्द भी इतना ही हो रहा है कि उनके होते हुए भी उनकी फूल सी बच्ची इतना दर्द जेल रही है ।

"ताऊजी .. वह .. .. कही गायब हो गया .." रुचि ने टूटी-फूटी आवाज में इतना कहा फिर वह चुप हो गई ।

"कौन बेटा ? किसकी बात कर रही हो ?" प्रताप को कुछ समझ नहीं आ रहा था कि रुचि किसके बारे में बात कर रही हैं ।

"उसने कहा था कि वह आएगा .. .. वह अभी तक नहीं आया ! .. .. .. कही उसे कुछ हो तो नहीं गया होगा न ताऊजी .. ?" शिशकियों से दबी हुई आवाज में रुचि ने फिर से कहा ।

"कुछ नहीं हुआ होगा, घबराओ नहीं .." प्रताप ने सांत्वना देते हुए कहा ।

" तो फिर क्या उसने मुजसे जूठा वादा किया होगा !" रुचि ने अपने आँसू पोंछते हुए कहा ।

इस बार प्रताप शांत रहे, वह उसकी कमजोरी जानते थे इसीलिए उन्होंने उसे कोई जूठी दिलासा नहीं दी ।

"बेटा ! हम कैसे कुछ भी कह सकतें है कि क्या हुआ है और क्या नहीं ! पर हाँ ! एक बात जरूर याद रखना बेटा, जो भी होता है सब अच्छे के लिए ही होता है।" प्रताप की आँखों से आँसू बह निकले ।

"यह आप कह रहे है ताऊजी ! मैं इस बात से बिल्कुल भी सहमत नहीं हु ताऊजी । सब अच्छे के लिए नहीं हो सकता ताऊजी ! अगर एस है तो सब मुजे छोड़कर चले जाते है उसके पीछे क्या अच्छा है ताऊजी ?" रुचि के आँसुओं का वेग ओर भी बढ़ गया ।

"एसा मेरे साथ ही क्यों होता है ताऊजी ! सब मुझे ही छोड़कर क्यों चले जाते है ?

इससे आगे कुछ भी कहना प्रताप को ठीक नहीं लगा नाही कुछ था उनके पास कहने के लिए । जो रुचि ने कहा था उसमे भी तो कुछ गलत नहीं था लेकिन यही तो एक जरिया था जिसके सहारे वह अपने आप को मनाते रहते थे और कुछ था भी तो नहीं उनके पास अपना दर्द हल्का करने के लिए या अपने अतीत को जस्टीफाइ करने के लिए ! कुछ कडवे सचों को अपनाने के लिए भी तो कोई वजह चाहिए और एसे ही किसी कडवे सच को अपने दिल में दबाए रुचि और ताऊजी भी आगे बढ़ रहें थे लेकिन जब एस ही एक कड़वा सच रुचि के सामने फिर से दोहराया गया तो वह यह शहन नहीं कर पाई ।

9

प्रताप एक बंद, अंधेरे कमरे में - आराम कुर्सी पर अपना सिर टिकाए बैठे थे। जब भी वह अकेले होते इसी तरह गुमसुम से बैठे रहते। बार-बार उनके सामने उनका बिता हुआ कल आ कर खड़ा हो जाता और वह चीत्कार कर उठते। उनके लिए बहुत ही दुखदायी था पर उस दुःख में ही जैसे उनको खुशी मिलती थी।

एक वक्त था जब उनका भी भरा-पूरा परिवार था, बच्चे थे, दोस्त थे। उनका चेहरा हमेशा मुस्कुराता रहता मगर पिछले पंद्रह सालों से वह मुस्कुराना भूल चुके थे।

प्रताप सिंह आर्मी में सीनीयर ऑफिसर थे। उनके दो बच्चे थे, एक लड़की जो 7 साल की थी और एक लड़का जो तीन साल का था। उनकी पत्नी माया, बहुत ही खुशमिजाज थी। कभी भी उन दोनों के बीच झगड़ा नहीं हुआ था। ना ही कभी उन दोनों में से किसी ने एक दूसरे से ऊंचे आवाज में बात की थी। यहाँ तक कि उनके घर में बच्चों से भी डांट-डपट नहीं होती थी। बच्चे भी आज्ञाकारी थे। छुट्टी के दिन वे पत्नी और बच्चों को कहीं बाहर घुमा आते। आर्मी की कड़ी ड्यूटी होने के बावजूद वह अपने बच्चों और पत्नी को वक्त देने की कोशिश करते और अपनी ड्यूटी भी पूरी ईमानदारी से निभाते थे। आर्मी में होने की वजह से अनुशासन को ही अपना जीवनमंत्र बना लिया था और शायद इसी वजह से इनका जीवन हरेक मुश्किल को पार कर आगे की ओर बढ़ता रहता था।

उनकी जिंदगी में एक और अहम इंसान था; उनका अजीज दोस्त रमन। ये दोनों थे तो दोस्त पर इन दोनों में सगे भाइयों से भी बढ़कर

• 54 •

प्यार था। दोनों एक ही गाँव से थे, एक साथ बड़े हुए थे। एक ही स्कूल में पढ़ाई की, स्कूल के बाद एक ही कॉलेज में एडमीशन लिया और एक साथ ही आर्मी ज्वाइन की थी। जितने साल नौकरी की; एक ही बटालियन में रहे पर दुःख की बात तो यह थी कि दोनों साथ में दुनिया से विदा न हो सके।

रमन की भी एक बेटी थी; तीन साल की। रमन की पत्नी भी काफी मिलनसार थी और माया के साथ उसकी बहुत ही अच्छी बनती थी। बच्चों को भी एक-दूसरे के साथ खेलना पसंद था। दोनों परिवार आपस में बहुत ही खुश थे पर कहते है न कि धूप के बाद छाँव और छाँव के बाद धूप तो आते ही रहते हैं। न जाने इनकी खुशियों को भी किसका ग्रहण लग गया।

छुट्टी का दिन था। दोनों ही परिवार एक साथ बाहर घूमने गए थे। रात का खाना बाहर ही खाकर लौटे थे। "सुनिए न! आज हम रमन भाई के घर पर ही रुक जाते हैं।" माया ने रेस्तरां से बाहर आते ही पति से आग्रह किया।

"क्यों...... भाई! क्या बात है?" प्रताप ने भी मजाकिए अंदाज में कहा।

"व...... वो... बच्चे भी साथ में कुछ में हॉमवर्क कर लेंगे और हम भी कुछ गपशप कर लेंगे।" पायल की ओर देखते हुए माया ने कहा।

"सीधे से बोलो न कि तुम दोनों गपशप करना चाहती हो।" प्रताप ने ठिठोली की।

"भाई साहब हमारी छोडिए, अपनी बताइए?" पायल ने प्रताप को छेड़ा।

"हाँ ... हाँ भाई जैसी तुम लोगों की मर्जी।" रमन ने अपनी सहमती दे दी।

"पर कल मुझे ऑफिस भी तो जाना है!" प्रताप ने अपनी मझबूरी व्यक्त की।

"हमारा घर इनके घर से ज्यादा दूर नहीं है जो आपको इतनी तकलीफ होगी।" माया ने समाधान भी रख दिया।

" चलो बाबा ... तुमसे कोई कभी जीत सकता है।" प्रताप ने हाथ जोड़ दिए ।

जब सभी लोग रमन के घर पहुचे तब रात के आठ बज रहे थे । सोने में अभी भी काफी वक्त था इसलिए बच्चे एक साथ कमरे में खेलने चले गए । माया और पायल बेडरूम में चली गई। पायल ने कुछ दिनों पहले गहने और कुछ नई डिजाइन के कपड़े खरिदें थे, उनका फिटींग देखने के लिए माया को अपने साथ खिंच कर ले गई और प्रताप और रमन को ड्रोइंग रूम में ही बैठना पड़ा ।

"भाभीजी ! घर आए मेहमानों से ऐसा सुलूक !" इस बात पर प्रताप ने पायल की टांग खिंची।

"अरे भाई साहब ! आप और मेहमान ! यह आपका ही तो घर है।" पायल ने अंदर जाते हुए जवाब दिया । पिछे दोनों ही हँसने लगे ।

"क्या बात है रमन ? कुछ उदास लग रहे हो।" दोनों दोस्त ड्रोइंग रूम में अकेले रह गए थे।

"कुछ खास नहीं ।" रमन ने लंबी साँस छोड़ते हुए कहा।

"मतलब, कुछ बात तो जरूर है।" प्रताप ने आशय समझते हुए बताया ।

"हाँ यार ! कल की मीटिंग की वजह से थोड़ा-बहुत परेशान हूँ, बस।" रमन ने सोचते हुए जवाब दिया।

"हाँ ! मीटिंग के बारे में तो पूछना भूल ही गया। अपनी बटालियन से और किस-किस को बुलाया था ? पर यह मीटिंग थी किस वजह से?" प्रताप ने गंभीर होकर बात आगे बढ़ाई ।

"बड़ा ही गंभीर मामला है पर सरकार कोई कदम उठाने के लिए तैयार ही नहीं है।" रमन थोड़ा निराश हो गया।

"ऐसा तो कैसा मामला है?" प्रताप ने आशंकित होकर पुछा।

"कुछ आतंकवादियों का ठिकाना मिला है और यह भी पता चला है कि वे जल्द ही शहर में बहुत बड़ा बॉम्बे विस्फोट करने वाले है।" रमन के चेहरे पर चींता की लकीरें उभर आई।

"लेकिन यह खबर मिली कैसे ?" प्रताप ने अपनी शंकित नज़रें रमन पर घड़ाई। "हो सकता है कि यह खबर झूठ हो ।"

"नहीं प्रताप ! यह खबर बिलकुल जूठ नहीं है क्योंकि यह खबर पक्के सबूतों के साथ दी गई हैं।" रमन का स्वर दृढ़ था।

प्रताप कुछ देर तक सोचता रहा,"लेकिन यह खबर दी किसने ?"

"इस बात का खुलासा तो नहीं किया गया है मगर मेरे अंदाज से किसी खुफिया एजेंसी ने यह खबर दी है।" रमन ने संजीदगी से कहा।

"हमम...... तो फिर क्या तय किया गया है ?" प्रताप ने उत्सुकता से पूछा ।

"इस मामले को दफन कर दिया गया कि आतंकवादी हमें भटकाकर अपना निशाना कहीं और साधना चाहतें है।" तिरस्कार के भाव से रमन ने कहा ।

"लेकिन किसी भी मामले को दबाने से पहले हमें उस मामले की तहकिकात तो करनी ही चाहिए | क्या पता हमें कुछ खुफिया जानकारी हाथ लग जाए।" प्रताप कुछ गंभीर हो गया।

रमन ने एक ठंडी साँस छोड़ी, "मीटिंग में भी सभी ने यही राय दी मगर मुझे ऐसा लगा जैसे कोई बड़ा अधिकारी या नेता इस मामले की तहकिकात करने से रोक रहा हो और......" रमन अभी तक अपनी बात पुरी भी नहीं कर पाया था कि प्रताप की बेटी दौड़ते- दौड़ते आकर रमन की गोद में चढ़ गई ।

"अरे -- अरे ......क्या बात है बच्चे? आप भाग क्यों रहे हैं?" रमन ने पुचकारते हुए उससे पूछा ।

"चाचू, छोटा भैया मुझे बहुत परेशान करता है मगर पापा उसे कुछ कहते ही नहीं ।" प्रताप से रूठते हुए उसने रमन से शिकायत की।

अभी इनके बीच खींचा-तानी चल ही रही थी कि उनको धड़ाकों की आवाजें सुनाई दि।

"यह तो बॉम्ब विस्फोट की आवाज़ है।", रमन बच्ची को गोद में लेकर सोफे से उठ गया ।

"और, काफि नज़दिक से आवाज आई है।" प्रताप भी घबराकर सोफे से उठ खड़ा हुआ।

पास के कमरे से घबराई हुई माया और पायल भी बाहर आ गई। बच्चें भी अपने कमरे से बाहर भाग आए और डरे सहमे अपनी मम्मीयों से

लीपट गए।

आतंकवादियों ने शहर के आवासीय जगहों पर बॉम्ब विश्फोट शुरू कर दिया था यह समझने में प्रताप और रमन को देर नहीं लगी । चारों और भय और आतंक बिछा हुआ था । हर घर से आने वाली आवाज़ें भयभीत कर रही थी । अभी तक रमन के घर के आसपास हमला नहीं हुआ था। बच्चों और औरतों को कुछ समझ में नहीं आ रहा था कि हो क्या रहा है मगर प्रताप और रमन को समझने में देर नहीं लगी । हर किसी की धड़कने बढ़ी हुई थी। बच्चों ने डर के मारे रोना शुरू कर दिया था । रमन और प्रताप ने बचने के उपाय के बारे में सोचा लेकिन जब उन्होंने खिड़की से आसपास का मुआइना लिया तो वे हताश हो गए । चारों ओर लावा की तरह बम फट रहे थे। बाहर निकलने पर भी किसी के बचने की कोई आशा नहीं थी । उलटा बाहर जाने पर ज्यादा खतरे की आशंका थी।

प्रताप खिड़की के पास ही खड़े थे कि पास वाले घर में धमाका हुआ। यह सुनते ही उसने तुरंत सभी को एक कोने में बैठने के लिए बोल दिया । जो बम आतंकवादियों ने इस्तेमाल किए थे वे ज्यादा घातक नहीं थे, जिससे इसकी असर दूर तक होने कि संभावना नहीं थी। इस बात का अंदाजा लगाकर प्रताप और रमन को थोड़ी बहुत राहत मिली लेकिन फिर भी उनका मन विषाद और ग्लानि से भर उठा था।

प्रताप और रमन के मन में सिर्फ एक ही बात हिलोरें ले रही थी कि उनका काम इस देश की रक्षा करना है मगर आज हालातों ने उन्हें इतना बेबस कर दिया है कि वे अपने परिवार को भी नहीं बचा पाएंगे।

थोड़ी देर तक तो बड़ी तेज़ बॉम्ब विस्फोट की आवाजें आने लगी मगर धीरे-धीरे आवाजें शांत होने लगी। पूरा शहर मानो मौत की निंद सोने जा रहा था। बॉम्ब विस्फोट की आवाज शांत होने से प्रताप और रमन को कुछ राहत मिली । माया और पायल ने चैन की साँस ली मगर प्रताप को अभी भी आशंका थी कि सब कुछ अभी भी शांत नहीं हुआ है, "आप सब लोग ऐसे ही बैठे रहीए । मैं जबतक देखकर न बताऊँ तबतक यहाँ से हिलना नहीं ।

प्रताप सहमे कदमों से खिड़की की एक ओर गया । खिड़की से उन्हें ज्यादा दूर तक तो कुछ भी नहीं दिखाई दे रहा था। आसपास काफी शांति

थी, मगर उनकी सोसाइटी के कुछ एक घरों में बॉम्ब विस्फोट हुआ था और वे घर धराशायी हो चुके थे । कहीं - कहीं पर दबे लोगों की कराहने की आवाजें आ रही थी। तो कुछ लोग हमेशा के लिए चुप हो चुके थे। सब कुछ शांत देखकर, प्रताप उन लोगों की ओर मुड़ने ही वाला था कि अचानक एक बम उनके घर के परिसर में भी फट गया।

जब प्रताप को होश आया तो वह हॉस्पिटल में था। उसने अपने बेड से उठने की कोशिश की मगर वह नाकामयाब रहा । पेशंट को होश आया देख नर्स ने तुरंत डॉक्टर को बुलाया ।

"डॉक्टरस मैं हॉस्पीटल में क्यों हूँ ? मुझे क्या हुआ है ?" डॉक्टर को देखते ही प्रताप ने हड़बड़ाकर पुछा ।

डॉक्टर को समझने में देर नहीं लगी कि अचानक लगे आघात की वजह से प्रताप को तुरंत कुछ भी याद नहीं आ रहा। डॉक्टर ने प्रताप को दिलासा देने की कोशिश की, "मिस्टर प्रताप ! आप बिलकुल ठीक है। आप को कुछ नहीं हुआ।"

"फिर मैं हॉस्पीटल में क्यों हुँ ?" प्रताप ने अपने दिमाग पर जोर देते हुए पुछा । डॉक्टर ने कोई जवाब नहीं दिया । थोड़ी देर शांत रहने के बाद जैसे उसे कुछ याद आ गया हो, "बाकी सभी लोग कहाँ हैं ? माया..., बच्चे...रमन ......"

"मिस्टर प्रताप ! आपको आराम की जरूरत है । अभी थोड़ी देर आराम कीजिए।" डॉक्टर ने प्रताप को शांत करने की नाकाम कोशिश की।

डॉक्टर के कुछ भी न बताने पर भी प्रताप सब कुछ समझ गया । उसके चेहरे के हावभाव ने ही डॉक्टर को बता दिया कि अनहोनी उससे छिपी नहीं रह सकती। प्रताप को ज्यादा चोटे नहीं आई थी। बम फटने के वक्त वह खिड़की से बाहर गीर पड़ा था जिसकी वजह से पैरो में कुछ चोटे आई थी और शरीर के कुछ हिस्से जल गए थे। प्रताप की हालत ज्यादा गंभीर नहीं थी इसलिए डॉक्टर ने प्रताप को सब - कुछ बताना ही सही समझा ।

"मिस्टर प्रताप ! आपके घर से सिर्फ एक तीन साल की बच्ची जिंदा मिली है जो सोफे के नीचे दब जाने की वजह से बच गई है मगर अभी

भी उसे होश नहीं आया है।" डॉक्टर ने इससे ज्यादा कुछ भी नहीं बताया लेकिन प्रताप ने ना बताई हुई बातें भी समझ ली | प्रताप समझ गया कि सिर्फ रमन की बच्ची बच पायी है और वह खुद | न उस बच्ची का कोई है और न ही उसका । जो भी है वे दोनों ही एक दूसरे का सहारा बचें है।

पुरी तरह से ठीक होने के बाद प्रताप को मालूम हुआ कि कुछ चोटें उसे ऐसी आई है जिसकी वजह से उसका सही से चल पाना नामुमकिन है जिस वजह से वह फिर से ड्यूटी पर नहीं जा पाएगा । रमन की बेटी भी अब पुरी तरह से ठीक हो गई थी। प्रताप को आर्मी से पेंशन मिलने लगा था जिससे उन दोनों का गुजारा चलने लगा था।

दरवाजे पर हुई आहट ने प्रताप की तंद्रा को भंग किया । वह उठ कर बाहर की ओर गए, देखा तो रुचि घर लौटी है। कल रात के बाद उन दोनों के बीच कोई बातचीत नहीं हुई थी । काफी दिनों के बाद जब रुचि वक्त पर घर लौटी तो उन्हे अच्छा लगा लेकिन उन्होंने कुछ कहा नहीं और रुचि भी बिना कुछ बोले अपने कमरे में चली गई ।

रुचि ही रमन की बेटी है, उनके अजीज दोस्त रमन की बेटी । जिसने उन्हे जीने की एक उम्मीद दी, जिसके लिए उन्होंने अपने सारे दर्द भूलाकर चहरे पर मुश्कुराहट ला दी और अपनी इस नन्नी सी जान कि परवरिश में कोई कमी नहीं छोड़ी ।

इतनी छोटी उम्र में इतना बडा हादसा जेलने और कम उम्र में अपने माँ-बाप और परिवार को खोने कि वजह से वह कभी-भी इस डर से नहीं उबर पाई कि लोग उसे छोड़ कर चलें जाएंगे । यही वजह थी कि वह बहुत ही कम लोगों से गुलती-मिलती थी लेकिन जिनसे भी आत्मीयता हो जाती उनसे पूरी तरह जुड़ जाती इसीलिए शायद इतना छोटा हादसा भी उसे इस तरह परेशान कर रहा था ।

10

इस घटना के बाद रुचि ने बाहर आना-जाना बंद कर दिया। उस लड़के के साथ उसकी दोस्ती लंबी नहीं थी पर जिस तरीके से उसने उसे बचाया था, रुचि उसे अपना करीबी समझने पर मजबूर हो गई थी। उसने अपने आप को काम में इतना व्यस्त कर लिया कि उसके पास वक्त नहीं बचता था मिका के बारे में सोचने के लिए हालाँकि उसे अभी भी यही लगता था कि जरूर वह किसी मुसीबत में है।

प्रताप अभी भी नहीं जान पाए थे कि रुचि के आँसुओ कि वजह कौन है, सिर्फ इतना जानते थे कि कोई लड़का है पर इससे ज्यादा कुछ भी नहीं जानते थें। उन्होंने रुचि पर ज्यादा जोर भी नही डाला, वह जानते थे कि जब भी ठीक लगेगा रुचि अपने आप ही सबकुछ उन्हे बता देगी। उन्हे सिर्फ एक ही परेशानी सताए जा रही थी कि रुचि परेशान है, वह कोशिश करते कि किसी भी तरह उसे खुश कर पाए लेकिन रुचि कि खुशी पल भर भी नहीं ठहर पाती।

रुचि भी पूरी कोशिश करती कि ताऊजी के सामने उसके चहेरे पर ग़मों का बादल न रहें। उसकी कोशिश कुछ हद तक सफल भी रहती पर फिर वही ग़मों के गहरे बादल मंडराते रहते।

छुट्टी का दिन था, प्रताप ने सोचा कि 'क्यूँ न आज रुचि का दिल बहलाने के लिए उसे कही बाहर ले जाऊ! मैं कहूँगा तो वह शायद मान जाए वरना दोस्तों के साथ तो जाने से रही !'

प्रताप, रुचि के कमरे में गए, देखा तो रुचि अभी भी लेटी हुई थी, "यह क्या बेटा ? अभी भी सो रही हो?"

प्रताप कि आवाज सुनकर रुचि उठ गई, "वो ताऊजी ! कल रात देर तक पढ़ाई की थी इसीलिए थोड़ी ज्यादा देर तक सोती रही !"

"अरे ! कही तुम्हारी नींद तो खराब नहीं कर दी मैंने ?" रुचि की बात सुनकर प्रताप ने कहा ।

"नहीं .. .. नहीं ताऊजी ! कैसी बातें कर रहें है आप ! आप दरवाजे पर क्यों खड़े है बैठीये ना !" रुचि ने अपने चेहरे पर हल्की सी मुस्कान लाते हुए कहा ।

खुरसी पर बैठते हुए प्रताप ने कहा, "बेटा ! आज छुट्टी है क्यूँ न हम कही बाहर चले ?"

"बाहर?"

"हाँ ! काफी दिन हो गए हम 'अपना घर' नहीं गए क्यूँ न वही चले ?"

रुचि कुछ बोली नहीं बस शून्य कि ओर ताकती रही ।

रुचि को इस तरह चुप देखकर वह समझ गए कि शायद रुचि आना नहीं चाहती, "कही ओर जाना है तो भी ठीक है हम वहाँ चलते है । कहाँ जाना चाहती हो बताओ?"

"ताऊजी ! कही भी नहीं !" अपने चहेरे पर झबरन मुस्कान लाते हुए रुचि ने कहा ।

"क्यूँ बेटा ? कही बाहर तो जाना ही चाहिए ना इस तरह पूरा दिन घर में नहीं बैठा रहना चाहिए !" प्रताप ने थोड़ा उदास होते हुए कहा ।

"जी ताऊजी ! पर .. .."

"मतलब तुम चल रही हो ! जल्दी से तैयार हो जाओ !" इससे पहले कि रुचि अपनी बात पूरी करे प्रताप ने अपनी बात कर दी ।

"ताऊजी ! कल मेरे एक्शाम्स है इसीलिए मुझे पढ़ना है ! अगली छुट्टी पर मैं पक्का चलूँगी आज नहीं, आप बाहर हो आइए। मैं तो रोज कॉलेज भी जाती हु आप कही बाहर नहीं निकलते इसीलिए आप जाइए । एक्शाम्स खतम होते ही मैं भी आपके साथ चलूँगी !" रुचि ने हँसते हुए कहा ।

"ठीक है कोई बात नहीं ! तुम पढ़ाई करो, मैं जाकर न्यूज पेपर पढ़ता हु।" कमरे से बाहर निकलते हुए प्रताप ने कहा।

प्रताप के जाने के बाद अभी तक रुचि अपने बिस्तर से उठी भी नहीं थी कि उसके कमरे का दरवाजा फिर से खुला, रुचि ने देखा तो ताऊजी खड़े थे।

"वैसे, अभी तुम्हारे कौनसे एक्शाम्स आ रहे है ? अभी ही तो सेमेस्टर सुरू हुआ था !" प्रताप ने दरवाजे से झाँकते हुए पूछा।

"ताऊजी! मिड-सेम के एक्शाम्स सुरू हो रहे है। जो हर साल इसी अगस्त महीने में लिए जाते है।" रुचि ने हँसते हुए कहा।

"ओह ! अच्छा अच्छा ! मैं तो भूल ही गया था। हमारे जमाने में तो सिर्फ एक ही एक्साम हुआ करती थी, वह भी साल के अंत में होती थी।" प्रताप ने मुस्कुराते हुए कहा।

"यह तो बहुत ही अच्छी बात थी ताऊजी .. .. कितना अच्छा था न एक ही एक्साम में सारे झंझट खतम !" प्रताप की बात सुनकर रुचि ने खुश होते हुए कहा।

"हाँ .. .. हाँ .. हमारा तो जमाना ही अलग था।" प्रताप के चहेरे पर एक अलग चमक उभर आयी।

"जी ताऊजी .. बिल्कुल .." रुचि ने भी उनकी बात पर सहमति जाता दी।

"हाँ .. हाँ .. यह सब बातें तो होती रहेंगी तुम तैयार हो जाओ ओर पढ़ने बैठ जाओ।" प्रताप ने सारी बातों को एक तरफ रखते हुए कहा।

"जी ताऊजी !" रुचि अपने बिस्तर से उठ गई और बाथरूम की तरफ चली गई। प्रताप भी न्यूज पेपर लेकर बालकनी की ओर चले गए।

रुचि ने हाथ में किताब तो पकड़ ली पर पता नहीं उसका दिमाग कहा गोते लगा रहा था। छोटी-छोटी बातें भी उसे बहुत परेशान किया करती थी। उसके दिमाग में सिर्फ एक ही खयाल मंडरा रहा था कि जो भी उसके करीबी होते है हमेशा उससे दूर ही क्यूँ चले जटें है, सिर्फ ताऊजी ही एक इसे इंसान है जो हमेशा से उसके साथ है बाकी सब उसे छोड़कर चले गए; उसके मम्मी-पापा, भाई- बहन, ताईजी, उसके कई सारे दोस्त। यहाँ तक कि उसके सगे चाचा- चाची और दादा- दादी ने भी उसे अपनाने से इनकार कर दिया था। सिर्फ ताऊजी ही तो थे जिन्होंने उसे इतना लाड़ प्यार से बडा किया है ओर अभी भी उसका खयाल रखते है। रुचि के

दिमाग में अचानक से एक खयाल आया, 'अगर ताऊजी न होते तो मैं अभी कहा होती .. ..? शायद किसी अनाथालय में या फिर किसी सड़क पर भीख मांग रही होती !' इस खयाल ने ही रुचि को पूरी तरह झँझोड़ कर रख दिया ।

थोड़ी देर बाद अपने आप को समजाति हुई बोली, 'पर एसा कुछ हुआ तो नहीं है न मेरे ताऊजी मेरे पास ही तो है। उनके होते हुए मुझे भीख क्यूँ ही मंगनी पड़ेगी ! कभी भी नहीं !' वह अपनी खुरसी से उठ गई और बालकनी कि ओर चल पड़ी । वह जाकर बालकनी से थोड़ी दूर खड़ी रही, वह से उसे उसके ताऊजी साफ दिखाई दे रहे थे। वह वहाँ पर बैठकर न्यूज पेपर पढ़ रहे थे । उन्हें देख कर उसे राहत मिली । अपने उलझे हुए खयालों से बाहर आयी ।

"क्या हुआ ? कुछ चाहिए तुम्हें ?" रुचि पर नजर पड़ते ही प्रताप ने पूछा ।

"नहीं तो .. .. मुझे कुछ नहीं चाहिए !" रुचि ने घबराते हुए कहा ।

"तो फिर वहा पर इसे क्यों खड़ी हो, आओ इधर आकर बैठो ! पूरा दिन पढ़ती ही रहोगी क्या ?" प्रताप ने न्यूज पेपर एक ओर रखते हुए रुचि को सामने बैठने का इशारा किया ।

"जी ताऊजी ! कहिए .. क्या बात है ?" रुचि ने सामने पड़ी खुर्शी पर बैठते हुए कहा ।

"कुछ भी तो नहीं ! तुम इस तरह दूर क्यूँ खड़ी थी।" ताऊजी ने रुचि को घूरते हुए पूछा ।

"वो .. ताऊजी .. यहाँ से जा रही थी तो थोड़ी देर के लिए रुक गई।" रुचि ने अटकते हुए जवाब दिया ।

"अच्छा ! सच में !" प्रताप ने चौंकते हुए पूछा ।

"जी ताऊजी !"

दोनों के बीच खामोशी का आलम छा गया । प्रताप ऊपर आसमान की ओर देखते रहे तो रुचि अपनी नजर जुकाए अपने पैरों को देखती रही ।

"तो मैं जाऊ क्या ?" रुचि ने अपने कमरे में जाने का निर्णय करते हुए कहा ।

"ह .. .. क्या कहा ?" प्रताप ने रुचि कि ओर ध्यान देते हुए पूछा।

"ताऊजी ! मुझे पढ़ाई करनी है अगर आपको कोई काम न हो तो में जाऊ क्या ?" रुचि ने गंभीर होते हुए पूछा ।

"नहीं .. .. नहीं .. मुझे कोई काम नहीं, तुम्हे जाना हो तो जा सकती हो । ”

"जी ताऊजी ! मुझे पढ़ाई करनी है, आप पेपर पढिए।" खुरसी से उठते हुए रुचि ने कहा ।

ताऊजी को देखने के बाद उसे सुकून महसूस हुआ। उसे इस बात का अहेसास हुआ कि उसके ताऊजी उसके पास ही है, कोई तो है जो उसका अपना है, चाहे कुछ भी हो जाए पर उसके ताऊजी उसे छोड़कर कही नहीं जाएंगे । इस बात से उसे चीर शांति मिली । उसके मन को टाढ़स मिलते ही वह अपने कमरे में जाकर पढ़ाई करने लगी । इस बार उसका मन नाही कही भटका, नाही उसे पढ़ाई करने में आलस आया । वह मन लगाकर पढ़ती रही ।

11

"ताऊजी .. .. ! आप अभी भी सो रहे है ! यह क्या बात हुई !" रुचि ने प्रताप को सोता हुआ देख, उन्हे जगाते हुए कहा ।

"क्यूँ ? क्या हो गया ? अभी तो 6 बज रहे है , इतना जल्दी उठकर कहा जाना है ?" प्रताप ने आँखे मलते हुए कहा ।

"ताऊजी आप भूल गये न ! पिछले संडे आपने कहा था कि आपको कही बाहर जाना है पर मेरी एक्साम्स थी तो हम नहीं गए! आज तो मेरी एक्साम्स भी खतम हो गई है !" रुचि ने नाराजगी जताते हुए कहा ।

"अरे हाँ .. .. हाँ ..जाएंगे न ! मैं तो बिल्कुल नहीं भूला हु ! बस नींद नहीं खुली मेरी !" प्रताप ने याद करते हुए कहा ।

"अच्छा आप नहीं भूले थे ?" रुचि ने आंखे तरेरते हुए पूछा।

"नहीं .. नहीं .. बिल्कुल भी नहीं । चलो .. चलो .. तैयार हो जाओ जल्दी से !" अपने बिस्तर से उठते हुए प्रताप ने कहा ।

"पहले आप तैयार हो जाइए ताऊजी .. मैं तो तैयार ही हु !" रुचि ने कमरे से बाहर जाते हुए कहा ।

"हाँ .. हाँ .. बस दस मिनट में तैयार होकर आता हु।" बाथरूम की तरफ जाते हुए प्रताप ने कहा ।

अभी तक प्रताप ने अपने बाथरूम का दरवाजा बंद भी नहीं किया था कि रुचि वापस आ गई, "लेकिन ताऊजी हम जा कहा रहे है यह तो बताइए !"

"जहाँ तुम्हारा दिल करे हम वही चलेंगे !" बाथरूम का दरवाजा खोलते हुए प्रताप ने जवाब दिया ।

"क्या ताऊजी ! आप भी ना ! कुछ सोचिए ना कि कहा जाए, मेरा तो दिमाग ही नहीं काम कर रहा।" रुचि ने मुँह बिगाड़ते हुए कहा।

"पहले तैयार हो जाऊ फिर सोचता हु !" प्रताप ने अपनी आँखे छोटी करते हुए कहा ।

"जी बिल्कुल, आप तैयार हो जाइए में इंतजार करती हु !" रुचि ने कहा और फिर से बाहर की ओर चल दी ।

नहा-धो कर जब प्रताप बाहर आए तब रुचि सोफ़े पर बैठी कुछ किताबे उलट रही थी । प्रताप को तैयार देखकर बोली, "वाह ताऊजी ! क्या लग रहे है आप !"

"खुशामद करना तो कोई तुझ से सीखे !" मुस्कुराते हुए प्रताप बोलें।

"अरे ताऊजी ! खुशामद नहीं कर रही, सच बोल रही हु !" रुचि नाराज होते हुए बोली ।

"ठीक है ! ठीक है ! चल अब यह बता कि कहा चलें ?" प्रताप ने बात बदलते हुए कहा ।

"आप जहा कहे !" रुचि ने प्रताप पर फैसला डाल दिया ।

"क्या मतलब जहा कहे ? जगह का नाम बताओ ।" प्रताप ने आँखे तरेरते हुए कहा ।

"ताऊजी ! मेरा तो दिमाग काम नहीं कर रहा इस विषय में, आप ही बता दीजिए कि कहा जाए।" रुचि खड़ी होते हुए बोली ।

"मेरा भी इस विषय में दिमाग काम नहीं कर रहा , चलो एक काम करते है ! घर पर ही रहते है।" प्रताप ने सोफ़े पर बैठते हुए कहा ।

"यह क्या बात हुई ताऊजी ! बिल्कुल भी नहीं ! बाहर जाना है मतलब जाना है !" रुचि ने चोंकते हुए कहा ।

"तो फिर जगह का नाम बताओ, अभी चलते है।" प्रताप ने आराम से कहा ।

रुचि थोड़ी देर सोच में पड गई । वह खुद कही बाहर नहीं जाना चाहती थी पर वह जानती थी कि उसके ताऊजी का बाहर जाना जरूरी है । इससे उनकी सेहत अच्छी रहती है अगर रुचि बाहर जाने से इनकार कर देगी तो ताऊजी भी कही बाहर नहीं जाएंगे, "क्यूँ न हम अपना घर चले !"

"ठीक है ! जैसी तुम्हारी मर्जी !" प्रताप, रुचि की फरमाहिश पर राजी हो गए ।

रुचि अच्छे से जानती थी कि ताऊजी को क्या पसंद आएगा और क्या नहीं इसीलिए न चाहते हुए भी उसने 'अपना घर' नाम ले लिया ।

प्रताप, यह सोच कर खुश हुए कि रुचि अपनी पसंद की जगह पर जाकर अच्छा महसूस करेगी । दोनों ही अपने तरीके से एक दूसरे के लिए सोच रहे थे। कही न कही दोनों की ही खुशियाँ एक दूसरे पर निर्भर थी ।

12

'अपना घर' के दरवाजे पर कदम रखते ही रुचि के चेहरे पर मायुसी छा गई। उसने पूरी कोशिश कि थी कि ताऊजी के सामने वह अपने चहेरे पर मायुसी न ले आए पर ताऊजी को समझते हुए देर नहीं लगी कि कोई तो गड़बड़ जरूर है ।

"रुचि ! आज यहाँ का माहोल कुछ ठीक नहीं लग रहा !" ताऊजी ने अपने चहेरे पर तनाव लाते हुए कहा ।

"क्यूँ, ताऊजी ? क्या हुआ ?" रुचि ने ताऊजी कि ओर ध्यान देते हुए पूछा ।

"पता नहीं कुछ अजीब सा लग रहा है !" प्रताप ने मुहँ बिगाड़ते हुए कहा ।

"अचानक से !" रुचि को कुछ समझ में नहीं आ रहा था ।

"हाँ !" ताऊजी ने भी बेमन से अपना सिर हिला दिया ।

"आप ठीक तो है न ?" रुचि ने घबराते हुए पूछा ।

"हाँ .. हाँ .. मैं बिल्कुल ठीक हु !" प्रताप ने मुश्कुराते हुए कहा ।

"पक्का ?" रुचि अभी भी ताऊजी की बात से पूरी तरह से आसवस्त नहीं लग रही थी ।

"मैं बिल्कुल ठीक हुँ, मुझे सिर्फ जगह कुछ अजीब सी लग रही है!" प्रताप ने स्पष्टता करते हुए कहा ।

"ओह ! अच्छा ! तो फिर कही ओर चलते है !" रुचि ने प्रताप की बात समझ ली ।

"हाँ ! यही ठीक रहेगा !" प्रताप ने हामी भरते हुए कहा ।

"लेकिन जाना कहा है ?" रुचि ने पूछा ।

"तुम ही बता दो !" प्रताप ने जवाब दिया ।

"ताऊजी ! इस बार आपकी बारी है ! पिछली बार मैंने बताया था।" रुचि ने हँसते हुए कहा ।

"हाँ .. नहीं !" प्रताप ने सोचते हुए कहा ।

"अब ! बताइए भी ताऊजी !" थोड़ी देर ताऊजी के जवाब का इंतजार करने के बाद रुचि ने फिर से पूछा ।

"चलो सिटी गार्डन चलते है ! वहा शांति भी होगी और मजा भी आएगा।" प्रताप ने काफी सोचने के बाद जवाब दिया ।

"यह हुई न बात !.." रुचि ने खुश होते हुए कहा ।

सिटी गार्डन, रुचि की पसंदीदा जगह रही है और उसकी कई सारी बचपन कि यादें भी इस जगह से जुड़ी हुई है। इस बार प्रताप ने फेसला रुचि की पसंद को देखते हुए लिया था । प्रताप को भी यह जगह काफी पसंद थी पर इस जगह से ज्यादा उन्हे बच्चों के साथ वक्त बिताना अच्छा लगता था, जो कही न कही उन्हे अपने बीते दिनों में वापस ले जाया करता था ।

जगह तय करने के बाद दोनों ही अनाथालय का बडा सा आँगन पार करके मेईन गेट की ओर चलने लगे । प्रताप आगे- आगे चल रहे थे ओर रुचि उनसे कुछ कदम पीछे चल रही थी । छुट्टी का दिन था काफी सारे लोग आ- जा रहे थे । चलते- चलते रुचि की नजर एक जाने-पहेचाने चहेरे पर चली गई । रुचि वही पर ठहर गई । जब वह पीछे मुड़ी तो वह इंसान काफी दूर जा चुका था लेकिन उसे पहचानने में देर नहीं लगी कि यह मिका है और कोई नहीं । रुचि को समझ नहीं आ रहा था कि वह क्या करे, 'मिका के पास जाकर वह बात करे या यहाँ रो चली जाए ? बया उसने उसे नहीं देखा होगा ?' रुचि इन्ही सारी उधेड़-बुन में उलजी हुई थी ।

प्रताप अपनी ही धुन में आगे आगे चल रहें थे । जब काफी दूर तक चलने के बाद उन्हे अहेसास हुआ कि उनके पीछे रुचि नहीं है तो वह वापस मुड़े । आकर देखा तो रुचि वही पर बुत सी खड़ी थी । पास आकर उन्होंने उसे आवाज लगाई, "रुचि .. .."

अपना नाम सुनकर रुचि एकदम से चौंक गई । "हं .. हं .."

"क्या हुआ बेटा ?" रुचि को इस तरह घबराया हुआ देख कर प्रताप ने उससे पूछा ।

"कुछ भी तो नहीं ताऊजी !" रुचि ने संभलते हुए उत्तर दिया।

रुचि के जवाब पर प्रताप को भरोसा नहीं हुआ लेकिन उनके पास और कोई तरीका भी नहीं था जिससे कि वह रुचि से सच बुलवा सकें। फिर भी उन्होंने एक नाकाम कोशिश की, "तो फिर इतनी घबराई हुई क्यों हो ?"

"नहीं तो ताऊजी .. .. मैं बिल्कुल भी घबराई हुई नहीं हु !" रुचि ने अपने आप को स्वस्थ करते हुए कहा ।

"ठीक है फिर चलो , यहाँ क्यों खड़ी हो ?" प्रताप ने कुछ सोचते हुए कहा ।

"हाँ .. .. हाँ ताऊजी ! चलते हैं ।" जल्दी से आगे की ओर बढ़ जाने की चेस्टा करते हुए रुचि ने कहा ।

रुचि ने चलने के लिए हाँ तो बोल दिया, वह चल भी दी लेकिन अभी-भी उसके दिल में उधेड़-बुन मची हुई थी । उसे वापस मुड़ने का खयाल आ रहा था तो कभी उसे बस आगे की ओर बढ़ने का खयाल आ रहा था । उसे समझ नहीं आ रहा था कि मिका ने उससे इस तरह क्यूँ मुहँ मोड़ लिया । क्या उसे जाकर उससे मिलना चाहिए या नहीं?, यही सबसे बड़ा सवाल था जो उसके दिमाग में मंडरा रहा था ।

पूरा रास्ता इन्ही विचारों में कब कट गया उसे पता ही नहीं चला। जब प्रताप ने उसे ऑटो से उतरने के लिए कहा तब उसे समझ आया कि ऑटो कबसे रुकी हुई है और सब उसके उतरने का इंतजार कर रहे हैं मगर वह बूत बनी बैठी है । जब उसे इस बात का अहेसास हुआ कि ऑटो कब से रुकी हुई है और सब लोग उसी को देख रहे है तो वह हड़बड़ा कर नीचे उतर गई ।

"किन खयालों में खोई हुई थी ?" नीचे उतरते ही प्रताप ने रुचि को पूछा ।

प्रताप के इस सवाल ने रुचि को और भी व्यथित कर दिया। उसे समझ नहीं आ रहा था कि वह क्या उत्तर दे। उसने मौन साध लिया ।

प्रताप को भी रुचि कि चुप्पी थोड़ी बहोत समझ आ रही थी मगर ज्यादा सवाल करना उन्हें ठीक नहीं लगा इसीलिए वह किसी भी तरह उसका ध्यान भटकाने की कोशिश करने लगे।

"यहाँ का मौसम कितना सुहाना रहता है न !"

"जी ताऊजी !" रुचि भी धीरे-धीरे ताऊजी की बातों में ध्यान देने लगी । वह भी आखिरकार इन उलजे हुए सवालों से बाहर आना चाहती थी, "यह जगह तो मुझे बचपन से ही बहोत पसंद है।"

रुचि को खुश देख कर प्रताप को खुशी हुई लेकिन वह यह जानते थे कि कोई तो बात है जो रुचि को परेशान कर रही है । वह यह भी जानते थे कि रुचि से इस बारे में बात कर के वह उसे ज्यादा ही परेशान करेंगे और रुचि भी अपनी मरजी के बिना एक शब्द भी नहीं उगलेगी।

रुचि के दिमाग में बहोत सारे सवाल थें, जिसके जवाब सिर्फ एक ही इंसान दे सकता था पर पता नहीं क्यों रुचि इन सवालों के साथ उस इंसान के आगे नहीं जा पाई । रुचि ने मन ही मन विचार किया, 'जो होना था वह हो चुका है उसपर ज्यादा दिमाग खराब करके में अपना और ताऊजी दोनों का ही कीमती वक्त बर्बाद नहीं करना चाहती !' रुचि ने बलपूर्वक अपने विचारों को इन सब बातों से हटाने कि कोशिश की ओर ताऊजी से बातों में अपना ध्यान लगाने लगी ।

"ताऊजी ! आपको याद है जब मैं छोटी थी तो हमेशा यहाँ आने की जिद किया करती थी !" रुचि आसपास का मुआइना लेते हुए बोली ।

"हाँ ! बिल्कुल, बहुत ही अच्छी तरह से याद है !" अपनी पुरानी यादें ताजा करते हुए प्रताप ने जवाब दिया ।

दोनों ही काफी देर तक इन्ही पुरानी यादों में गोते लगाते रहे । कब वक्त निकल गया कुछ समझ ही नहीं आया । जब अच्छे लोग और अच्छी यादें साथ हो तो वक्त कब गुजर जाता है, पता ही नहीं चलता ।

13

"ताऊजी ! आप अभी तक टीवी क्यूँ देख रहे है! सो जाइए न, काफी देर हो गई है !" रुचि ने जब देखा कि रात के दस बजे भी ताऊजी नहीं सोये तो वह भी ड्रॉइंग रूम में आकर खड़ी हो गई ।

"तूम अभी तक क्यूँ जग रही हो ?" रुचि का सवाल अनदेखा करते हुए ताऊजी ने पूछा ।

"ताऊजी ! जग नहीं रही, जग गई !" मुँह बनाते हुए रुचि ने कहा।

"अच्छा ! क्यूँ ?" ताऊजी ने भौंहें सिकोड़ते हुए पूछा।

"टीवी की आवाज सुनी तो नींद खुल गई ।" रुचि ने घूरते हुए कहा ।

"अच्छा ! मैं टीवी कि आवाज धीमी कर देता हुं , तुम जाकर सो जाओ !" ताऊजी ने टीवी की आवाज धीमी करते हुए कहा ।

"वह तो ठीक है पर आप क्यों जाग रहें है, वह भी इतनी देर रात तक ?" रुचि ने आँखे बड़ी करते हुए पूछा ।

"मुझे नींद नहीं आ रही इसीलिए टीवी देख रहा हुँ । मैं तो पूरा दिन आराम ही करता हुँ नींद कैसे आएगी ! जबतक बदन थक नहीं जाता, इंसान चैन से सो नहीं पाता।" एक घहरी साँस भरते हुए प्रताप ने कहा ।

"सही कहा, आपने!" रुचि ने भी उनकी बात में हामी भर दी ।

"वैसे भी सुबह मुझे उठकर कही जाना तो होता नहीं, देर से उठूँगा तो कोई फरक नहीं पड़ेगा । तुम्हें तो सुबह कॉलेज जाने के लिए जल्दी उठाना पड़ेगा, जाओ जाकर सो जाओ।" टीवी से नजरें हटाए बिना ही ताऊजी ने रुचि को बोला ।

"हाँ ताऊजी ! मुझे पता है कि आपको कहीं भी नहीं जाना है पर आपकी शेहत.. .. ..” इससे पहले कि वह अपनी बात पूरी करती, उसकी नजर टीवी पर बार बार फ्लेश हो रही तस्वीर पर अटक गयी । उसने तुरंत ही ताऊजी के पास पड़े रिमोन्ट को उठाया और आवाज बढ़ा दी । ताऊजी भी पूरी तरह से अपना ध्यान टीवी पर लगाए हुए थे ।

टीवी में बार-बार एक ही ब्रेकिंग न्यूज चल रही थी । एक बीस साल के लड़के को देशद्रोह के जुर्म में गिरफ्तार किया गया था । स्क्रीन पर तस्वीर देखते ही रुचि ने पहेचान लिया, 'यह ओर कोई नहीं मिका है !' वह अपने आप से ही बातें करने लग गई । 'यही वजह हो सकती है कि उस दिन वह नहीं आया ! पर अच्छा हुआ कि मैंने इससे ज्यादा दोस्ती नहीं की ! एसे लोग कितनी आसानी से सबकुछ छिपा लेते है न ! अपने देश के खिलाफ जाकर क्याही मिलता होगा उन्हे ? पर क्या मिका एसा कर सकता है? वह तो बहुत ही शरीफ है ! नहीं .. .. नहीं .. अगर उसे गिरफ्तार किया गया है तो जरूर ही उसने कोई जुर्म किया होगा !'

"एसो को तो कड़ी से कड़ी सजा मिलनी चाहिए न ताऊजी !" रुचि गोर से टीवी की ओर देखते हुए बोली ।

"तुम अभी तक क्या कर रही हो यहाँ पर ? जाओ जाकर सो जाओ।" टीवी से बिना नजरें हटाए प्रताप ने कहा ।

रुचि ने ताऊजी को इतना गुस्सा करते हुए पहेली बार देखा। रुचि सोचने लगी कि शायद इस हादसे की वजह से ताऊजी को बुरा लगा है । इस वक्त ताऊजी से कुछ भी बात करना उसे ठीक नहीं लगा इसीलिए वह चुपचाप अपने कमरे में चली गई ।

बिस्तर पर जाकर वह करवटें बदलने लगी पर उसकी आँखों में नींद नहीं थी । एक ओर से तो उसे सुकून महसुस हो रहा था। कि मिका के बारे में उसे सच पता चल गया तो दूसरी ओर ताऊजी के इस अजीब रवैये से वह नाराज भी थी ।

दूसरे दिन सुबह कॉलज जाते वक्त देखा तो ताऊजी किसी पुराने कागजों को उलट-पुलट करने में व्यस्त थे। उनका मूड अभी भी ठीक नहीं लग रहा था इसीलिए रुचि बिना कुछ बोलें ही चली गई।

जब वह श्याम को कॉलेज से लोटी तो घर पर ताला लगा हुआ था। वह समझ गई कि ताऊजी कही बाहर गए हैं । ताला खोलकर वह अंदर गई तो देखा कि बोहोत सारे कागज सामने बिखरे पड़े थे। उनमें से उसने एक कागज उठाया जिसमें कुछ हाथ से लिखा हुआ दिखाई दे रहा था ।

उस कागज में लिखा हुआ था ;

'मुजे आपको यह बताते हुए खुशी हो रही है कि हमारा मिशन कामयाब होने वाला है ।

आपका मिका । '

यह पढ़ते ही रुचि का माथा ठनका, "यह कैसे हो सकता है ? ताऊजी का एसे इंसान के साथ कैसे कोई रिश्ता हो सकता है ? एसा कभी भी नहीं हो सकता !"

"एसा है !"

ताऊजी कि आवाज सुनकर रुचि पीछे मुड़ी, "ताऊजी ! यह क्या है? यह सच नहीं हो सकता !"

"मैं मिका को जानता हु और यह सच है !" प्रताप की आवाज में एक अजीब सख्ती जलक रही थी ।

"तो फिर यह न्यूज में क्या दिखाया जा रहा है ! और यह लेटर .. .. कोनसे मिशन के बारे में बात की गई है ? आप मिका को केसे जानते है जो एक देशद्रोही है ? आप एक देशद्रोही का साथ कैसे दे सकते है ? मिका है कोन आखिर ?" रुचि ने एक ही साँस में सवालों कि जड़ी लगा दी ।

"वह जो भी है, जो भी कर रहा है सब सही है। तूम बस अपने ताऊजी पर भरोसा रखो । " प्रताप के चहेरे पर किसी तरह के हाव- भाव नहीं थे ।

रुचि का मन बहोत ही उचाटे भर रहा है, उसे कुछ भी समझ नहीं आ रहा । बहोत सारे सवाल है जो उसके दिमाग में हलचल मचाएं हुए है । उनमें से सबसे अहम सवाल है कि यह मिका कोन है और वह सही कैरो है ? "कौन है, आखिर यह मिका ?"

www.ingramcontent.com/pod-product-compliance
Lightning Source LLC
Chambersburg PA
CBHW031759150726
47989CB00006B/2789